U0500699

一生自渡

宗璞 著

北京联合出版公司

Beijing United Publishing Co.,Ltd.

只 为 优 质 阅 读

好
读

Goodreads

目录

辑一 用一生抵达一次山盟

生活最丰满处是因为他有了我，我有了他。
世上有这样的拥有，永远不能成为过去。

辑二　晚霞落黄昏，故人上心头

霞彩天天消去，
但是次日还会生出。

辑三 时光流逝，如水如烟

那门前歪斜的台阶，门上剥落的字迹，以及两行槐树，仍然像北京的数千条胡同一样，给人一种遥远的、宁静的气氛。

辑四 读书，在迷茫中自渡

读书可以改变一个人的精神面貌和内在气质，可以改变他本人，而增加人格的力量。

辑五　云在青天水在瓶

一切事物聚到头，终究要散去的，散往各方，犹如天上的白云。

辑六　向着生满野百合花的尽头

人在生活的道路上落到了谷底，
无可再落，就有了上升的希望。

辑一

用一生抵达一次山盟

生活最丰满处是因为他有了我，我有了他。
世上有这样的拥有，永远不能成为过去。

花朝节的纪念

　　农历二月十二日，是百花出世的日子，为花朝节。节后十日，即农历二月二十二日，从一八九四年起，是先母任载坤先生的诞辰。迄今已九十九年。

　　外祖父任芝铭公是光绪年间举人。早年为同盟会会员，奔走革命，晚年倾向于马克思主义。他思想开明，主张女子不缠足，要识字。母亲在民国初年进当时的女子最高学府北京女子师范学校读书，一九一八年毕业。同年，和我的父亲冯友兰先生在开封结婚。

家里有一个旧印章，刻着"叔明归于冯氏"几个字，叔明是母亲的字。以前看着不觉得，父母都去世后，深深感到这印章的意义。它标志着一个家族的繁衍，一代又一代来到世上，扮演各种角色，为社会做一点努力，留下了各种不同色彩的记忆。

在我们家里，母亲是至高无上的守护神。日常生活全是母亲料理，三餐茶饭，四季衣裳，孩子的教养，亲友的联系，需要多少精神！我自幼多病，常在和病魔做斗争，能够不断战胜疾病的主要原因是我有母亲。如果没有母亲，很难想象我会活下来。在昆明时我严重贫血，上"纪念周"站着站着就晕倒，后来索性染上肺结核休学在家。当时的治法是一天吃五个鸡蛋，晒太阳半个小时。母亲特地把我的床安排到有阳光的地方，不论多忙，这半小时必在我身边，一分钟不能少。我曾由于各种原因多次发高烧，除延医服药外，母亲费尽精神护理。用小匙喂水，用凉手巾敷在额上。有一次高烧昏迷中，觉得像是在一个狭窄的洞中穿行，挤不过去。我以为自己就要死了，一抓到母亲的手，立刻知道我是在家里，我是平安的。后来我经历名目繁多的手术，人赠雅号"挨千刀的"。在挨千刀的过程中，也是母亲，一次又一次陪我奔走医院。医院的人总以为是我陪母亲，其实是母亲陪我。我过了四十岁，还是觉得睡在母亲身边最心安。

母亲的爱护，许多细微曲折处是说不完、也无法全捕捉到的。但也就是因为有这些细微曲折才形成一个家，这个家处处都是活的，每一寸墙壁、每一寸窗帘都是活的。小学时曾以"我的家庭"为题作文。我写出这样的警句："一个家，没有母亲是不行的。母亲是春天，是太阳。至于有没有父亲，不很重要。"作业在开家长会时展览，父亲去看了，回来向母亲描述，对自己的地位似并不在意，以后也并不努力增加自己的重要性，只顾沉浸在他的哲学世界中。

希腊文明是在奴隶制时兴起的，原因是有了奴隶，可以让自由人充分开展精神活动。我常说，父亲和母亲的分工有点像古希腊。在父母那时代，先生专心做学问，太太操劳家务，使之无后顾之忧，是常见的。不过我的父母亲特别典型，他们真像一个人分成两半，一半主做学问，一半主理家事，左右合契，毫发无间。应该说，他们完成了上帝的愿望。

母亲对父亲的关心真是无微不至，父亲对母亲的依赖也是到了极点。我们的堂姑父张岱年先生说："冯先生做学问的条件没有人比得上。冯先生一辈子没有买过菜。"细想起来，在昆明乡下时，有一阵子母亲身体不好，父亲带我们去赶过街子，不过次数有限。他的生活基本上是水来湿手，饭来张口。古人形容夫妇和谐用"举案齐眉"几个字，实际上就是孟光给梁鸿端饭吃；若问"是几时孟光接了梁鸿案"，也应该是做好饭以后。

旧时有一副对联："自古庖厨君子远，从来中馈淑人宜。"放在我家正合适。母亲为一家人真是操碎了心，在没有什么东西的情况下，变着法子让大家吃好。她向同院的外国邻居的厨师学烤面包，用土豆做引子，土豆发酵后力量很大，能"砰"的一声，顶开瓶塞，声震屋瓦。在昆明时一次父亲患斑疹伤寒，这是当时西南联大一位校医郑大夫经常诊断出的病，治法是不吃饭，只喝流质，每小时一次，几天后改食半流质。母亲用里脊肉和猪肝做汤，自己擀面条，擀薄切细，下在汤里。有人见了说，就是只吃冯太太做的饭，病也会好。

一九六四年父亲患静脉血栓，在北京医院卧床两个月。母亲每天去送饭，有时从城里我的住处，有时从北大，都总是第一个到。我想要帮忙，却没有母亲的手艺。父亲暮年，常想吃手擀的面，我学做过几次，总不成功，也就不想努力了。

母亲把一切都给了这个家。其实母亲的才能绝不只限于持家。母亲毕业于当时的女子最高学府，曾任河南女子师范学校预科算术教员。她有一双外科医生的巧手，还有很高的办事能力。外科医生的工作没有实践过，但从日常生活中，从母亲缝补、修理的功夫可以想见；办事能力倒是有一些发挥。

五十年代初至一九六六年，母亲做居民委员会工作，任北大燕南、燕东、燕农、镜春、朗润、蔚秀、承泽、中关八大园的主任，曾为家庭妇女们办起装订社、缝纫社等。母亲不畏辛劳，经常坐着三轮车来往于八大园间。这是在家庭以外为社会服务，她觉得很神圣，总是全心全意去做。居委会成员常在我家学习，最初贺麟夫人刘自芳、何其芳夫人牟决鸣等都是成员，后来她们迁往城内，又有吴组缃夫人沈淑园等参加。五十年代有一次选举区人民代表，不记得是哪一位曾对我说，"任大姐呼声最高"。这是真正来自居民的声音。

我心中有几幅图像，愈久愈清晰。

一幅在清华园乙所，有一间平台加出的房间，三面皆窗，称为玻璃房，母亲常在其中办事或休息。一个夏日，三面窗台上摆着好几个宽口瓶和小水盆，记得种的是慈姑。母亲那时大概不到四十岁，身着银灰色起蓝花的纱衫，坐在房中，鬓发漆黑，肌肤雪白。常见外国油画有什么什么夫人肖像，总想怎么没有人给母亲画一幅。

另一幅在昆明乡下龙头村。静静的下午，泥屋，白木桌，母亲携我坐在桌前，为我讲解鸡兔同笼四则题。父亲从城里回来，点评说这是一幅乡居课女图。

龙头村旁小河弯处有一个小落差，水的冲力很大。每星期总有一两次，母亲把一家人的衣服装在箩筐里，带着我和小弟到河边去。还有一幅图像便是母亲弯腰站在欢快的流水中，费力地洗衣服，还要看着我们不要跑远，不要跌进河里。近来和人说到洗衣的事，一个年轻人问，是给别人洗吗？还没到那一步，我答。后来想，如果真的需要，母亲也不怕。在中国妇女贤淑的性格中，往往有极刚强的一面，能使丈夫不气馁，能使儿女肯学好，能支撑一个家庭度过最艰难的岁月。孔夫子以为女人难缠，其实儒家人格的最高标准"富贵不能淫，贫贱不能移，威武不能屈"，用来形容中国妇女的优秀品质倒很恰当，不过她们是以家庭为中心罢了。

母亲六十二岁时患甲状腺癌，手术后一直很好。六十年代末又患胆结石，经常大发作，疼痛，发烧，最后不得不手术。那一年母亲七十五岁。夜里推进手术室，父亲和我在过厅里等，很久很久，看见手术室甬道那边推出一辆平车，一个护士举着输液瓶，就像一盏灯。我们知道母亲平安，仍能像灯一样给我们全家以光明、以温暖。这便是那第四幅图像了。握住母亲的手时，我的一颗心落在腔子里，觉得自己很有福气。

母亲虽然身体不好，仍是操劳家务，真没有过一天清闲的日子。她总是说，你们专心做你们的事。我们能专心做事，都因为有母亲，操劳一生的母亲！

记得是一九七七年九月十日，母亲忽然吐血，拍片后确诊为肺门静脉瘤。当时小弟在家，我们商量，母亲虽然年迈，病还是该怎么治就怎么治，不可延误。在奔走医院的过程中，受到许多白眼。一家医院住院部的一位女士说："都八十三岁了，还治什么！我还活不到这岁数呢。"可以说，母亲的病没有得到治疗，发展很快。最后在校医院用杜冷丁控制疼痛，人常在昏迷状态。一次忽然说："要挤水！要挤水！"我俯身问什么要挤水，母亲睁眼看我，费力地说："白菜做馅要挤水。"我的眼泪一下涌了出来，滴在母亲脸上。

母亲没有让人多侍候，不过三周便抛弃了我们。当时父亲还在受审查，她走时很不放心，非常想看个究竟，但她拗不过生死大限。她曾自我排解说，知道儿女是好的，还有什么可求的呢。十月三日上午六时三刻，我们围在母亲床前，眼见她永远阖上了眼睛。我知道，我再不能睡在母亲身边讨得那样深的平安感了。我们的家从此再没有春天和太阳了。我们的家像一叶孤舟忽然失了掌舵的人，在茫茫大海中任意漂流。我和小弟连同父亲，都像孤儿一样不知漂向何方。

因为政治，亲友都很少来往。没有足够的人抬母亲下楼，幸亏那天来了一位年轻的朋友，才把母亲抬到太平间。当晚哥哥自美国飞回来，到家后没有坐下，立刻要"看娘去"，我不得不告诉他母亲已去。他跌坐在椅上，停了半晌，站起来还是说"看娘去"。

父亲为母亲撰写了一副挽联："忆昔相追随，同荣辱，共安危，期颐望齐眉，黄泉碧落君先去；从今无牵挂，斩名缰，破利锁，俯仰无愧怍，海阔天空我自飞。"自己另一半的消失使父亲把一切都看透了。以后，母亲的骨灰盒一直放在父亲卧室里。每年春节，父亲必率领我们上香，如此凡十三年。直到一九九〇年初冬那凄惨的日子，父母相聚于地下。又过了一年，一九九一年冬，我奉双亲归窆于北京万安公墓，一块大石头作为石碑，隔开了阴阳两界。

我曾想为母亲百岁冥寿开一个小小的纪念会，又想到老太太们行动不便，最好少打扰，便只就平常的了解或电话上的交谈，记下几句话。

姨母任均是母亲最小的妹妹。姨父母在驻外使馆工作时，表弟妹们读住宿小学，周末假日接回我家，由母亲照管。姨母说，三姐不只是你们一家的守护神，也是大家的贴心人。若没三姐，那几年我真不知怎么过。亲戚们谁没有得过她关心照料？人人都让她费过心血，我们心里是明白的。

牟决鸣先生已是很久不见了。前些时打电话来，说："回想起在北大居住的那段日子，觉得很有意思。任大姐那时是活跃人物，她做事非常认真，总是全力以赴。而且头脑总是很清楚。"

在昆明时，赵萝蕤先生和我家几次为邻居，那时她还很年轻。她不止一次对我说很想念冯太太。她说在人际关系的战场上，她总是一败涂地当俘虏。可是和冯太太相处，从未感到战场问题。是母亲教她做面食，是母亲教她用布条打纽扣结，她有什么事都可以向母亲倾诉。记得在昆明乡下龙头村时，有一次赵先生来我家，情绪不大好，对母亲说，一位军官太太要学英语，又笨又俗又无礼，总问金刚钻几克拉怎么说。她不想教，来躲一躲。母亲安慰她，让她一起做家务事。赵先生走时，已很愉快。

另一位几十年的邻居是王力夫人夏蔚霞。现在我们仍然对门而居。夏先生说："你千万别忘记写上我的话。我的头生儿子缉志是你母亲接生的。当时昆明乡下缺医少药，那天王先生进城上课去了，半夜时分我遣人去请你母亲。冯先生一起来的，然后先回去了。你母亲留下照顾我，抱着我坐了一夜，次日缉志才出世。若没有你母亲，我和孩子会吃许多苦！"

像春天给予百花诞辰一样，母亲用心血哺育着，接引着——

亲爱的母亲的诞辰，是花朝节后十日。

1993年5月

蜡炬成灰泪始干

二〇〇〇年春，我患目疾，好几个月都在奔走医院。住医院，上手术台，对我都不是新鲜事，这一次却怀着极大的恐怖。我怕变为盲人。我怎能忍受那黑洞里的生活？怎能忍受那黑暗，那茫然，那隔绝？

我在等待第三次手术，日子一天天过，还在等待。一个夜晚，我披衣坐在床上，觉得自己是这样不幸，我不会死，可是以后再无法写作。模糊中似乎有一个人影飘过来，他坐在轮椅上，一手拈须，面带微笑。那是父亲。

"不要怕，我做完了我要做的事，你也会的。"我的心听见他在说。此后，我几次感觉到父亲。他有时坐在轮椅上，有时坐在书房里，有时在过道里走路，手杖敲击地板，发出有节奏的声音。他不再说话，可是每次我想到他，都能得到指点和开导。

老实说，父亲已去世十年。时间移去了悲痛，减少了思念。以前在生活安排上，总是首先考虑老人，现在则完全改变了，甚至淡忘了。而在失明的威胁下，父亲并没有忘记我，或者说我又想起了他。因为我需要他。

"不要怕，我做完了我要做的事，你也会的。"

我会吗？我需要他的榜样，我向记忆深处寻找……

父亲最后的日子，是艰辛的，也是辉煌的。他逃脱了政治旋涡的泥沼，虽然被折磨得体无完肤，却幸而头在颈上。他可以相当自由地思想了。一九八〇年，他开始从头撰写《中国哲学史新编》这部大书。当时他已是八十五岁高龄。除短暂的社会活动，他每天上午都在书房度过。他的头脑便是一个图书馆，他的视力很可怜，眼前的人也看不清，可是中国几千年来的哲学思想的发展在他头脑里十分清楚，那是他一辈子思索的结果。哲学是他一生的依据。自一九一五年进入北京大学哲学门，他从没有离开过哲学。

父亲考入北大时，报的是文科。当时有人劝他读法科容易找工作，而且法科可以转文科，可是文科不可以转法科。父亲依言报了法科，考取了，但他还是转入文科。如果他要进仕途，可以从入法科开始，但那不是他的理想。他选择了哲学作为他的终身事业。

父亲那样出生在十九世纪末的一代人，分布在各个学科，创造了中国社会转型时期的新文化。不管在哪一学科，他们有一个共同点，那就是热爱祖国，要使自己的国家扬眉吐气地屹立在世界民族之林。我相信，我的了解没有错。父亲的哲学也不是空谈哲理，也不是书斋里的机锋，他要"阐旧邦以辅新命"，就是要汲取中国文化的精华，作为建设新国家的营养。永远关心着国家、民族的命运，这就是他的"所以迹"。经过多少折腾、磨难，初衷不改，他的最后巨著《中国哲学史新编》的最后一页，仍写着张载的那几句话："为天地立心，为生民立命，为往圣继绝学，为万世开太平。"他仍然是"虽不能至，心向往之"。

他在一九四二年写的《新原人》中提出了他的境界说——他的哲学的灵泉。此书自序一开始就写了张载四句，接下去便说："此哲学家所应自期许者也。况我国家民族，值贞元之会，当绝续之交，通天人之际，达古今之变，明内圣外王之道者，岂可不尽所欲言，以为我国家致太平，我亿兆安身立命之用乎？虽不能至，心向往之。非曰能之，愿学焉。"我一直认为，"贞元六书"的几篇短序都是绝妙文章，表现父亲的心胸气魄。听人说有哲学教师讲张载四句竟至泪下，可知怀有为国家致太平，为亿兆安身立命这种深情的人并非少数。

父亲最后十年的生命，化成了《中国哲学史新编》这部书。学者们渐渐有了共识，认为这部书对论点、材料的融会贯通超过了三十年代的两卷本，又对玄学、佛学、道学，对曾国藩和太平天国的看法提出了独到的见解，还认为人类的将来必定会"仇必和而解"，都说出了他自己要说的话。一点一滴，一字一句，用口授方式写成了这部一百五十万字的大书，可谓学术史上的奇迹。蝇营狗苟、利欲熏心的人能写出这样的书吗？我看是抄也抄不下来！有的朋友来看望，感到老人很累，好意地对我说："能不能不要写了。"我转达这好意，父亲微叹道："我确实很累，可是我并不以为苦，我是欲罢不能。这就是'春蚕到死丝方尽，蜡炬成灰泪始干'吧！"

是的，他并不以写这部书为苦，他形容自己像老牛反刍一样，细细咀嚼储存的草料。他也在细细咀嚼原有的知识储备，用来创造。这里面自有一种乐趣。父亲著述还有一个特点，就是不做卡片，曾有外国朋友问："在昆明时，各种设备差，图书难得，你到哪里找资料？"父亲回答："我写书，不需要很多资料，一切都在我的头脑中。"这是他成为准盲人后，能完成大书的一个重要条件。

更重要的是他的专注，他的执着，他的不可更改的深情。他在生命的最后两年中不能行走，不能站立，起居需人帮助，甚至咀嚼困难，进餐需人喂，有时要用一两个小时。不能行走也罢，不能进食也罢，都阻挡不了他的哲学思考。一次，因心脏病发作，我们用急救车送他去医院，他躺在床上，断断续续地说，现在有病要治，是因为书没有写完，等书写完了，有病就不必治了。

当时，我为这句话大恸不已。现在想来，如丝已尽，泪已干，即使勉强治疗也是支撑不下去的；而丝未尽，泪未干，最后的著作没有完成，那生命的灵气绝不肯离去。他最后的遗言"中国哲学将来一定会大放光彩"，就是用他整个生命说出来的。

父亲久病后，偶然颤巍巍地站立，总让人想到"风烛残年"这几个字。烛火在风中摇曳，可以随时熄灭，但父亲的精神之火却是不会熄灭的。他是那样顽强、坚韧，那样丰富，他不烧干自己决不甘心。

一九八二年，父亲到哥伦比亚大学接受名誉博士学位，他写了一首诗："一别贞江六十春，问江可认再来人？智山慧海传真火，愿随前薪做后薪。"薪火相传的意思出自《庄子·养生主》："指穷于为薪，火传也，不知其尽也。"他要像浇了油的木柴一样，前面的木柴烧完了，后面的木柴便接上去，薪火相传代代不息。

父亲那一代人责任感太强了，他们无暇逍遥。其实父亲心底是赞成孔子"吾与点也"那一句话的。曾点说，他的愿望是"浴乎沂，风乎舞雩，咏而归"，父亲是欣赏这种境界的。

四十年代，常有人请父亲写字，父亲最喜写唐李翱的两首诗——"练得身形似鹤形，千株松下两函经。我来问道无余说，云在青天水在瓶"。还有一首是"选得幽居惬野情，终年无送亦无迎。有时直上孤峰顶，月下披云啸一声"。

这两首诗，父亲写过几十幅，现在家中只有"月下披云啸一声"那一幅，没有了"云在青天水在瓶"的那一幅。父亲的执着顽强，那春蚕到死、蜡炬成灰、薪尽火传的精神，后面有着极飘逸、极空明的另一面。一方面是儒家"知其不可而为之"的担得起，一方面是佛、道、禅的"云在青天水在瓶"的看得破。有这样的互补，中国知识分子才能在极严酷的环境中活下去。

很多年以前，父亲为我写了一幅字，写的是龚定庵诗："虽然大器晚年成，卓荦全凭弱冠争。多识前言蓄其德，莫抛心力贸才名。"后来父亲又为我和外子作过一首诗："七字堪为座右铭，莫抛心力贸才名。乐章奏到休止符，此时无声胜有声。"父亲深知任何事都要用心血做成，谆谆教诲，不要为一点轻易取得的浮名得意，在寂静中也许会有更好的音乐。想到这些，常觉得父亲坐在那里，以手向上一指向下一指，在沉默中，让人想到"云在青天水在瓶"的诗句。可是那含义，那境界，有谁领会？

我做了手术，出院回家，在屋中走来走去，想倾听父亲卧房里发出的咳声，但是只有寂静。我坐在父亲的书房里，看着窗外高高的树。在这里，准盲人冯友兰曾坐了三十三年；无论是否成为盲人，我都会这样坐下去。

2008年8月29日

铁箫声幽

常觉得我们这一代人很幸运。旧书虽念得不多，还知道些；西书了解不深，总也接触过。没有赶上裹小脚、穿耳朵，长达半尺的高跷似的高跟鞋也还未兴起。精神尚不贫乏，肉体不受虐待，经历更是非凡。抗战那一段体会了人的最高贵的精神、信念与坚忍；"文革"那一段阅尽了人的狠毒与可悲。我们的生活很丰富，其中有一项看来普通、现在却让人羡慕、值得大书特书的，那就是，我们有兄弟姊妹。

传统文化讲五伦，其中之一是兄弟。常听见现在的中年人说：他们最羡慕的就是别人有兄弟姊妹。想想我的童年，如果没有我的哥哥和弟弟，我将不会长成现在的我。

我们兄弟姊妹四人，大姐钟琏长我九岁，所以接触较少，哥哥钟辽长我四岁，弟弟钟越小我三岁。整个的童年是和哥哥、弟弟一起度过的。抗战胜利，我们回到北平，回到白米斜街旧宅中，这座房屋是父母的唯一房产。有一间屋子堆满了东西，和走的时候完全一样。那时冬日取暖用很高的铁炉，称为洋炉子。烧硬煤，热力很大，便有炉挡，是洋铁皮做成的，从前常在上面烤衣服。我们看到那铁炉依旧，炉挡依旧。最有趣的是炉挡上面写了两行字，也赫然依旧。这两行字是："立约人：冯钟辽、冯钟璞。只许她打他，不许他打她。"当时在场的人无不失笑。父亲说："这是什么不平等条约！"那时哥哥已经去美国留学，那条约也因炉挡的启用擦去了，他没有再见到我们的不平等条约。

我已不大记得怎么会立下那不平等条约，却有些小事历历如在目前。清华园乙所的住宅中有一间储藏室，靠东墙冬天常摆着几盆米酒，夏天常摆着两排西瓜。中间有一个小桌，孩子们有时在那里做些父母不鼓励的事。记得一天中午，趁父母午睡，哥哥在那里做"实验"，我在旁边看。他的实验是点一支蜡烛烧什么东西，实验目的我不明白。不久听见母亲说话，他急忙吹灭了蜡烛，烛泪溅在我身上。我还没有叫出来，他就捂住我的嘴，小声说："带你去骑车。"于是我们从后门溜出。哥哥的自行车很小，前后轮都光秃秃的没有挡泥板，但却是一辆正式的车，我总是坐在大梁上左顾右盼游览校园。哥哥知道我喜欢坐大梁，便用这"游览"换得我不揭发。那天的"实验"也就混过去了。

后来我要自己骑车了。我想那时的年纪不会超过九岁，大概是八岁。因为九岁那年夏天开始抗战，我们离开了清华园。我学会骑自行车完全是哥哥的力量。那时在清华园内甲乙丙三所之间有一个网球场，我们好像从来没有打过网球，只在地上弹玻璃球。我在这场地上学骑自行车，用的是哥哥的那辆小车，我骑车，他在后面扶着座位跟着跑。头一天跑了几圈，第二天又跑了几圈。我忽然看见他不跟着车了，而是站在场地旁边笑。我本来骑得很平稳，一见他没有扶，立刻觉得要摔倒，便大叫起来。哥哥跑过来扶住，我跳下了车，捏紧拳头照他身上乱捶。他只是笑，说："你不是会骑了吗？"我想想也是。可是，下一次还是要他扶，他也就虚应故事地跟着跑。就这样我学会了骑自行车，我可以骑姐姐的成人的女车，在清华园里转悠。常从工字厅东边沿着小河过小桥，绕过大礼堂，经过图书馆前面，再经过当时的校医院——这座建筑还在吗——最后从工字厅西面回家。有时一直骑到西院，去看看那一片荒野。当时清华园内人很少，骑车很自由。后来，上个世纪六十年代，我常骑车从灯市口到建国门去上班。我从学车起到停止骑车从未摔过跤。

到昆明以后，哥哥上中学，我和小弟上小学。我们所上的南菁学校因为躲避日本飞机的空袭，迁到昆明郊外岗头村，我们都住校，家还在城里。后来家迁到东郊龙泉镇，我们又在城里住校。不记得是怎么回事了，总之有很长一段时间我们常在周末从乡下走进城，或从城里走到乡下，一次的距离大约是二十里。我们三个人一路走一路说话，讲故事，猜谜语，对小说的回目，对的主要是《红楼梦》和《水浒传》的回目，《三国演义》我不熟。还有一项重要内容是讲自己编的故事，轮流主讲。大概也是编故事的需要，三个人每人有一个国家，哥哥的国家叫"晨光国"，在北极；弟弟的国家叫"英武国"，在海底；我的国家叫"逸坚国"，在火星上。不知为什么，我从小便对火星有兴趣，到现在也觉得火星很亲切。我的兄、弟后来都是工程师，但他们在文艺方面的天赋绝不逊于我，故事编得很热闹，可惜我都不记得了。

家里孩子多，吃饭就成为一个有趣的局面。我小时有一个习惯，就是喜欢脱鞋。尤其是在吃饭的时候，觉得脱了鞋最舒服。这时，哥哥就会把鞋拿走藏起来，我便闹着要鞋，弟弟便会找鞋，常常是笑作一团。到后来还是哥哥把鞋拿出来，我又赖着不肯穿。直到母亲发话："不要闹了。"才算安静下来。

后来我上了联大附中，一度在城里住校。那时联大附中没有宿舍，甚至没有校舍，不知是借的哪里的一个大房间，大家打地铺。一次我生病了，别人都去上课，我昏昏沉沉地躺在空荡荡的大房间里。"妹"，是哥哥的声音，睁眼只见他蹲在我的"床"边。他送来一碗米线，碗里有一个鸡蛋。

哥哥于一九四二年考入西南联大机械系，他不用功，却热心演话剧。参加演出过曹禺的《家》，饰演觉新。我和小弟随父母去看演出那一晚，在高老太爷去世那一场，哥哥把觉新头上的孝布去掉了，为的是怕母亲看了不高兴。他还写小说，我还记得他有一篇小说的第一句是"不疾不徐的雨"。他的文字是很好的，字也写得好，还会刻图章。那时的男孩似乎都会刻图章。他大学二年级时志愿参加远征军，直接在反法西斯战争中做出贡献。有一次他从滇西回昆明度假，看见我的头发长了，要给我剪一剪。他说："头发为什么要剪成那样齐？剪成波浪式的不好吗？"当时大家都认为他很荒谬，没想到几十年后头发真的不以"齐"为美了。抗战胜利后，哥哥获得美国总统自由勋章，获得此项勋章的翻译官共二十二人。我曾想就此写一篇文章，介绍这些好男儿，因为要用一些英文材料，我的眼睛已坏，不能阅读，便放弃了。文章虽然没有写，对那些投笔从戎的大哥哥，无论得没得勋章，我都永远怀有敬意。

之后，哥哥到美国就读于宾夕法尼亚大学，继续读机械系，也继续开展他多方面的兴趣。他喜欢击剑，入选了校队，代表学校出去比赛；还学过几个月芭蕾舞。工作以后学会开飞机，曾开着飞机从所住城市到另一城市去看望朋友，乘客只有一人，就是我后来的嫂嫂李文沛。上世纪七十年代哥哥一家回来探亲，说到此事，父亲说："敢开飞机倒不稀奇，难得的是有人敢坐。"大学毕业以后，他根据兴趣又读了数学、物理两个专业。至今他还在研究有关电的问题，前两年曾回国参加静电学会的活动，但是他的理论很少有人支持。前些时，哥哥来电话，告诉我一个不幸的事件，他的钱包丢了。别的都没有关系，只是其中的飞机驾驶执照也丢了，他觉得是一大损失。我安慰道："你反正也不开飞机了。"他沉默了片刻，说："用不着了——也不可能再补发了。"

九十年代初，我出版了一本散文集，书名为《铁箫人语》。取这个名字是因为家里有一支铁箫。书出版后不久，南京的"洞箫博物馆"——也许是"乐器博物馆"——来人要求看一看铁箫。他们说他们藏有铜箫，还没有见过铁箫。我把箫拿给他们看，他们观看良久，又试吹过，承认它是一支箫。但我想大概不是很合格。然而它究竟是一支箫，而且是铁箫。我还为这支铁箫写了一小段题记：

> 我家有一支铁箫。
>
> 那是真正的铁箫。一段顽铁，凿有七孔，拿着十分沉重，吹着却易发声。声音较竹箫厚实、悠远，如同哀怨的呜咽，又如同低沉的歌唱。听的人大概很难想象这声音发自一段顽铁。
>
> 铁质硬于石，箫声柔如水；铁不能弯，箫声曲折。顽铁自有了比干七窍之心，便将美好的声音送往晴空和月下，在松阴与竹影中飘荡，透入人的躯壳，然后把躯壳抛开了。
>
> 哦，还有个吹箫人呢，那吹箫人，在哪里？

吹箫人可以吹出不同的曲调，而铁箫只有一个。

是谁制作了这支铁箫？制作了这支可以从箫声和箫的本

身引出许多联想的铁箫？是我的哥哥——冯钟辽。

箫属于中国文化，可以引起许多中国式的联想，都是陈货，也就不必说了。依我的极为有限的见闻，在冯钟辽做这支箫以前，从没听说过铁箫。它既是乐器，又可以做武器。我常想，最好能有一位女侠，用的兵器是铁箫；抡圆了可以自卫救人，扫尽人间不平事；吹响了可以自娱娱人，此曲只应天上来。也许，我哪天真会写出一篇武侠小说来。

在昆明时生活很艰苦，最常用的乐器只是口琴。母亲吹箫，当时家中有两支玉屏箫，母亲时常吹奏的乐曲是《苏武牧羊》。哥哥制作铁箫便是受竹箫的启发，用一根现成的废铁管，根据一点点中学物理知识，钻几个洞，居然可以吹出曲调，大家都很高兴。我们就是这样因陋就简，使得生活充实而丰富。

哥哥制作铁箫，只不过是他众多兴趣中的一项。他现在最主要的兴趣还是在电学。八十八岁了，仍不断做实验。我说："可别像苏东坡一样，为制墨，把房子烧了。"哥哥的科学知识当然比东坡强多了，房子是不会烧的。但是实验做起来也颇麻烦，哥哥却乐此不疲。在他自己的实验过程中，就有了辉煌。

2012年2月3日

哭小弟

飞机强度研究所

技术所长冯钟越

我面前摆着一张名片，是小弟前年出国考察时用的。名片依旧，小弟却再也不能用它了。

小弟去了。小弟去的地方是千古哲人揣摩不透的地方，是各种宗教企图描绘的地方，也是每个人都会去，而且不能回来的地方。但是现在怎么能轮得到小弟！他刚五十岁，正是精力充沛，积累了丰富的学识经验，大有作为的时候，有多少事等他去做啊！医院发现他的肿瘤已相当大，需要立即手术，他还想去参加一个技术讨论会，问能不能开完会再来。他在手术后休养期间，仍在看研究所里的科研论文，还做些小翻译。直到卧床不起，他手边还留着几份国际航空材料，说是"想再看看"。他也并不全想的是工作。已是滴水不进时，他忽然说想吃虾，要对虾。他想活，他想活下去啊！

可是他去了，过早地去了。这一年多，从他生病到去世，真像是个梦，是个永远不能令人相信的梦。我总觉得他还会回来，从我们那冬夏一律显得十分荒凉的后院走到我窗下，叫一声"小姊——"

可是他去了，过早地永远地去了。

我长小弟三岁。从我有比较完整的记忆起，生活里便有我的弟弟，一个胖胖的、可爱的小弟弟，跟在我身后。他虽然小，可是在玩耍时，他常常当老师，照顾着小朋友，让大家坐好，他站着上课，那神色真是庄严。他虽然小，在昆明的冬天里，孩子们都生冻疮，都怕用冷水洗脸，他却一点不怕。他站在山泉边，捧着一个大盆的样子，至今还十分清晰地在我眼前。

"小姊，你看，我先洗！"他高兴地叫道。

在泉水缓缓的流淌中，我们从小学、中学至大学，大部分时间都在一个学校，毕业后就各奔前程了。不知不觉间，听到人家称小弟为强度专家；不知不觉间，他担任了总工程师的职务。在那动荡不安的年月里，很难想象一个人的将来。这几年，父亲和我倒是常谈到，只要环境许可，小弟是会为国家做出点实际的事的。却不料，本是最年幼的他，竟先我们而离去了。

去年夏天，得知他患病后无法得到更好的治疗，我于八月二十日到西安。记得有一辆坐满了人的车来接我，我当时奇怪何以如此兴师动众，原来他们都是去看小弟。到医院后，有人进病房握手，有人只在房门口默默地站一站，他们怕打扰病人，但他们一定得来看一眼。

手术时，有航空科学研究院、六二三所、六二一所的代表，弟妹、侄女和我在手术室外，还有辆轿车在医院门口。车里有许多人等着，他们一定要等着，准备随时献血。小弟如果需要把全身的血都换过，他的同志们也会给他。但是一切都没有用。肿瘤取出来了，有一个半成人的拳头大，一面已经坏死。我忽然觉得一阵胸闷，几乎透不过气来——这是在穷乡僻壤为祖国贡献着才华、血汗和生命的人啊，怎么能让这致命的东西在他身体里长到这样大！

我知道在这黄土高原上生活的艰苦，也知道住在这黄土高原上的人工作劳累，还可以想象每一点工作的进展都要经过十分恼人的迂回曲折。但我没有想到，小弟不但生活在这里，战斗在这里，而且把性命交付在这里了。他手术后回京在家休养，不到半年，就复发了。

那一段焦急的悲痛的日子，我不忍写，也不能写。每一念及，便泪下如缕，纸上一片模糊。记得每次看病，候诊室里都像公共汽车上一样拥挤。等啊等啊，盼啊盼啊，我们知道病情不可逆转，只希望能延长时间，也许会有新的办法。航空界从莫文祥同志起，还有空军领导同志都极关心他，各个方面包括医务界的朋友们也曾热情襄助，我还往海外求医。然而错过了治疗时机，药物再难奏效。曾有个别的医生不耐烦地当面对小弟说，治不好了，要他"回陕西去"。小弟说起这话时仍然面带笑容，毫不介意。他始终没有失去信心，他始终没有丧失生的愿望，他还没有累够。

小弟生于北京，一九五二年从清华大学航空系毕业。他填志愿到西南，后来分配到东北，以后又调到成都、调到陕西。虽然他的血没有流在祖国的土地上，但他的汗水洒遍全国，他的精力的一点一滴都献给祖国的航空事业了。个人的功绩总是有限的，也许燃尽了自己，也不能给人一点光亮，可总是为以后的绚烂的光辉做了一点积累吧。我不大明白各种工业的复杂性，但我明白，任何事业也不是只坐在北京就能够建树的。

我曾经非常希望小弟调回北京，分担我侍奉老父的重担。他是儿子，三十年在外奔波，他不该尽些家庭的责任吗？多年来，家里有什么事，大家都会这样说："等小弟回来。""问小弟。"有时只要想到有他可问，也就安心了。现在还怎能得到这样的心安？风烛残年的父亲想儿子，尤其这几年母亲去世后。他的思念是深的，苦的，我知道，虽然他不说。现在，他永远失去他的最宝贝的小儿子了。我还曾希望在我自己走到人生的尽头，跨过那一道痛苦的门槛时，身旁的亲人中能有我的弟弟，他素来的可倚可靠会给我安慰。哪里知道，却是他先迈过了那道门槛啊！

一九八二年十月二十八日上午七时，他去了。

这一天本在意料之中，可是我怎能相信这是事实呢！他躺在那里，但他已经不是他了，已经不是我那正当盛年的弟弟，他再不会回答我们的呼唤，再不会劝阻我们的哭泣。你到哪里去了，小弟！自一九七四年沅君姑母逝世起，我家屡遭丧事，而这一次小弟的远去最是违反常规，令人难以接受！我还不得不把这消息告诉当时也在住院的老父，因为我无法回答他每天的第一句问话："今天小弟怎么样？"我必须告诉他，这是我的责任。再没有弟弟可以依靠了，再不能指望他来分担我的责任了。

父亲为他写挽联："是好党员，是好干部，壮志未酬，洒泪岂只为家痛；能娴科技，能娴艺文，全才罕遇，招魂也难再归来！"我那唯一的弟弟，永远地离去了。

他是积劳成疾，也是积郁成疾。他一天三段紧张地工作，参加各式各样的会议。每有大型试验，他事先检查到每一个螺丝钉，每一块胶布。他是三机部科技委员会委员，他曾有远见地提出多种型号研究。有一项他任主任工程师的课题研制获国防工办和三机部科技一等奖。同时他也是六二三所党委委员，需要在会议桌上坦率而又让人能接受地说出自己对各种事情的意见。我常想，能够"双肩挑"，是我们五十年代至六十年代初期出来的知识分子的特点。我们是在"又红又专"的要求下长大的，当然，有的人永远也没有能达到要求，像我。大多数人则挑起过重的担子，在崎岖的、荆棘丛生的、有时是此路不通的山路上行走。那几年的批判斗争是有远期效果的。他们不只是生活艰苦，过于劳累，还要担惊受怕，心里塞满想不通的事，谁又能经受得起呢！

小弟入医院前，正负责组织航空工业部系统的一个课题组，他任主任工程师。他的一个同志写信给我说，一九八一年夏天，西安一带出奇的热，几乎所有的人晚上都到室外乘凉，只有"我们的老冯"坚持伏案看资料。"有一天晚上，我去他家汇报工作，得知他经常胃痛，有时从睡眠中痛醒。工作中有时会痛得大汗淋漓，挺一会儿，又接着做了。天啊！谁又知道这是癌症！我只淡淡地说该上医院看看。回想起来，我心里很内疚！我对不起老冯，也对不起您！"

这位不相识的好同志的话使我痛哭失声！我也恨自己，恨自己没有早想到癌症对我们家族的威胁，即使没有任何症状，也该定期检查。云山阻隔，我一直以为小弟是健康的。其实他早感不适，已去过他该去的医疗单位。区一级的说是胃下垂，县一级的说是肾游走。以小弟之为人，当然不会大惊小怪，惊动大家。后来在弟妹的催促下，趁工作之便到西安检查，才做手术。如果早一年有正确的诊断和治疗，小弟还可以再为祖国工作二十年！

往者已矣。小弟一生，从没有埋怨过谁，也没有埋怨过自己，这是他的美德之一。他在病中写的诗中有两句："回首悠悠无恨事，丹心一片向将来。"他没有恨事。他虽无可以彪炳史册的丰功伟绩，却有一个普通人的认真的、勤奋的一生。历史正是由这些人写成的。

小弟白面长身，美丰仪；喜文艺，娴诗词，且工书法篆刻。父亲在挽联中说他是"全才罕遇"，实非夸张。如果他有三次生命，他的多方面的才能和精力也是用不完的；可就是这一辈子，也没有得以充分地发挥和施展。他病危弥留的时间很长，他那颗丹心，那颗想让祖国飞起来的丹心，顽强地跳动，不肯停息。他不甘心！

　　这样壮志未酬的人，不止他一个啊！

　　我哭小弟，哭他在剧痛中还拿着那本航空资料"想再看看"，哭他的"胃下垂""肾游走"；我也哭蒋筑英抱病奔波，客殇成都；我也哭罗健夫不肯一个人坐一辆汽车；我还要哭那些没有见诸报章的过早离去的我的同辈人。他们几经雪欺霜冻，好不容易奋斗着张开几片花瓣，尚未盛开，就骤然凋谢。我哭我们这迟开早谢的一代人！

　　已经是迟开了，让这些迟开的花朵尽可能延长他们的光彩吧。

　　这些天，读到许多关于这方面的文章，也读到了《痛惜之余的愿望》，稍得安慰。我盼"愿望"能成为事实，我想需要"痛惜"的事应该越来越少了。

　　小弟，我不哭！

1982年11月

怎得长相依聚

——蔡仲德三周年祭

蔡仲德（1937—2004），人本主义者。

这是我为仲德设计的墓碑刻字，我想这是他要的。他在病榻上的最后几个月，想得最多的就是关于人本主义问题。如果他能多有些时日，会有正式的文章表达他的信念。但是天不佑人，他来不及了。只在为我写的一篇短文里提出市场经济、民主政治、人权观念等几个概念。虽然简单，却也清楚地表明了他的理想。现在又想，理想只能说明他追求的高，不能说明他生活的广和深。因为他的一生虽然不够长，却足够丰富。他是一个好教师，也是一个好学者。生活最丰满处是因为他有了我，我有了他。世上有这样的拥有，永远不能成为过去。

人人都以为，我最后的岁月必定有仲德陪伴，他会为我安排一切。谁也没有料到，竟是他先走了，飘然飞向遥远的火星。我们原说过，在那里有一个家。有时我觉得，他正在院中的小路上走过来，穿着那件很旧的夹大衣；有时在这边说话，总觉得他的书房里有回应，细听时，却又没有。他已经消失了，消失在蓝天白云、青山绿水、树木花草之间。也许真的能在火星上找到他，因为我们这里的事情，要经过漫长的光阴和遥远的距离，才能到达那里。他是一个怎样的人，在那里可以重现。

首先，他是一个教师。他在入大学前曾教过两年小学，又任中学教员二十余年，以后调入中央音乐学院音乐学系。他四十六年的教学生涯里，在中央音乐学院任教四十四年。他教中学时，课本比较简单，他自己添加教材，开了很长的古典诗词目录，要求学生背诵。有的学生当时很烦，说蔡老师的课难上。许多年后却对他说，现在才知道老师教课的苦心，我们总算有了一点文学知识，比别人丰富多了。确实，这不仅是知识，更是对性情的陶冶，影响着一个人的生活。

七十年代初，在军营中经过政治磨难的音院师生回到北京，附中在京郊苏家坨上课，虽然上课很不正常，仲德却没有缺过一次课。一次刮大风，我劝他不要去，他硬是骑自行车顶着西北风赶二十几里路去上课，回来成了一个土人。上课对于一个教师是神圣的。他在音乐学系开设两门课：中国音乐美学史和士人格研究。人说他的课讲得漂亮。我听过几次，一次在河南大学讲授中国古代音乐美学，一次在香港浸会大学讲"说郑声"。一节课的时间被他安排得十分恰当，有头有尾，宛如一篇结构严密的文章。更让人称道的是下课铃响，他恰好讲出最后一个字，而且是节节课都如此，就连他出的考题也如一篇小文章。他在每次上课前都认真准备，做严谨的教案。他说要在四十五分钟以内给学生最多的东西，小学、中学、大学都是如此。一次我们在外边用餐，不知为什么，一个陌生的年轻人拿了一本唐诗，指出一首要我讲，我不记得是哪一首了，只记得其中有两个典故。我素来喜读书不求甚解，讲不出，仲德当时做了详细的讲解。他说做教师就要甚解，要经得起学生问。学生问了，对教师会有启发。

他淹缠病榻两年有半，一直惦记着他的课和他指导的学生。就在他生病的这一个秋天，录取了一名硕士生。他在化疗期间仍要这个学生来上课，在北京肿瘤医院室内花园，在北大医院的病室，甚至是一面打着吊针，一面进行授课。他对学生非常严格，改文章一个标点都不放过。学生怕来回课，说若是回答草率，蔡老师有时激动起来，简直是怒发冲冠，头发胡子都根根竖起。不是他指导的学生也请他看文章，他一视同仁，十分认真地提意见挑毛病改文字。同学们敬他爱他又怕他。

他做手术的那一天，走廊里站了许多我不认识的音院师生，许多人要求值班。那天清晨，有位老学生从很远的地方赶到我家，陪伴我。一个现在台湾的老学生在电话中哭着恳求我们收下他们的捐助。我们并不需要捐助，可是学生们的关心从四面八方把我们沉重的心稍稍托起。

一个大学教师在教的同时，自己必须做学问，才能带领学生前进，才能不是一个教书匠。上世纪七十年代末，他从研究《乐记》的成书年代开始，对中国音乐美学做了考察，写出了《中国音乐美学史》这部巨著。这是我国的第一部音乐美学史。后来这本书要修订出版，那时他住在龙潭湖肿瘤医院。他坐一会儿躺一会儿，一字一字，一页一页，八百多页的书稿在不时插上又拔下针管的过程中修订完毕。

经过多年的努力，他对各种文献非常熟悉，却从不炫耀，从不沾沾自喜，总是尽力地做好他承担的事，而且不断地思考，不知不觉间又写出了多篇论文。音乐方面的结集为《音乐之道的探求》，由上海人民音乐出版社出版。文化方面的结集为《艰难的涅槃》，正像书名一样，这本书命运多舛，现在尚未能出版。

他能够连续十几小时稳坐书案之前，真有把板凳坐穿的精神。他从事学术研究不限于音乐美学，冯学研究也是重要的部分。其著述材料之翔实，了解之深切，立论之精当，为学界所推重。还是不知不觉间，他写出了六十六万字的《冯友兰先生年谱初编》，并整理、修订、增补了七百余万字的《三松堂全集》第二版，又写出了《冯友兰先生评传》《教育家冯友兰》等。

对于我的父亲，他不只是一个研究者，而且也远远超过半子。幸亏有他，父亲才有这样安适的晚年。他推轮椅，抬担架，帮助喂饭、如厕。我的兄弟没有做到和来不及做的事，他做了；我自己承担不了的事，他承担了。从父母的墓地回来，荒寂的路上如果没有他，那会是怎样的日子！可是现在，他也去了。

在繁忙的教学、研究之余，他为我编辑了《宗璞文集》四卷本。他是我的第一读者，为我的草稿挑毛病。用引文懒得查时，便去问他，他会仔细地查好。我称他为风庐图书馆馆长，并因此很得意。现在我去问谁？

父亲去世以后，我把家中藏书赠给清华大学思想文化研究所，设立了"冯友兰文库"，但留了《四部丛刊》和一些线装典籍，供仲德查阅。他阅读的范围，已经比父亲小多了。现在他走了，我把最后留下的书也送出。我已经告别阅读，连个范围也没有了。他自己几十年收集的关于音乐美学方面的书，我都送给了中央音乐学院图书馆。学生们从这些书中得到帮助时，我想他会微笑。

他喜欢和人辩论，他的许多文章都在辩论。辩论就是各抒己见，当仁不让。他说思想经过碰撞会迸发出火花，互相启迪，得到升华，所谓真理愈辩愈明。如果只有"一言堂"，思想必然僵化，那是很可怕的。他看到的只是学问道理，从没有个人意气。

他关心社会，反对躲进象牙之塔。他认为每一个生命是独立的又是相连的。他在音乐学院任基层人民代表十年，总想多为别人做些事。他是太不自量力了，简直有些多事，我这样说他。他说大家的事要大家管。音乐史专家毛宇宽说：

"蔡仲德是一位真正意义上的中国知识分子。"我觉得他是当得起的。

我们居住的庭院中有三棵松树，因三松堂之名得到许多人的关心。常有人来，有的是从很远的地方，就为了要看一看这三棵松树。三棵松树中有两棵高大，一棵枝条平展，宛如舞者伸出的手臂。仲德在时，这一棵松树已经枯萎，剩下一段枯木，我想留着，不料很不好看，挖去了。又栽上一棵油松，树顶圆圆的，宛如垂髫少女。仲德和我曾在这棵树前合影，他坐我立，这是他最后的一张室外照片，也是我们最后的合影。又一棵松树在一次暴风雨中折断了，剩下很高的枯干，有些凶相。现在这棵树也挖去了，仍旧补上一棵油松，姿态和垂髫少女完全不同，像是个小娃娃，人们说它是仙童。

仲德没有看见这棵新松。万物变迁，一代又一代，仲德留下了他的著作和理想，留下了他的爱心。爱心和责任感是连在一起的，我们家中从里到外许多事都是他管。他生病后的第一个冬天，在病房惦记着家里的暖气。他认为来暖气时应该打开暖气上的阀门，让水流出来，水才会通。他在病床上用电话指挥，每个房间依次打开不能搞乱。我们几个女流之辈，拿着水桶，被他指挥得团团转。其实我认为这是不必要的，可是我领头依令而行，泪滴在水桶里……

仲德和我在一起生活了三十五年，因为有了他，我的生活才这样丰满。我们可以彼此倾诉一切，意见不同可以辩论，但永远互相理解，互相尊重。我觉得只要有他，实在别无所求。但是他去了。所幸的是他的力量是这样大，可以支持我，一直走上火星。

蔡仲德，我的夫君，在那里等着我。

女儿告诉我，她做过一个梦，梦见我们三个人在一起，仲德不知为什么起身要走。我们哭着要拉住他，可是怎么也拉不住。

人生的变化是拉不住的。

2007年1月5日

距2004年2月13日仲德去世已将三年矣

猫冢

　　十月份到南方转了一圈，成功地逃避了气管炎和哮喘——那在去年是发作得极剧烈的。月初回到家里，满眼已是初冬的景色。小径上的落叶厚厚一层，树上倒是光秃秃的了。风庐屋舍依旧，房中父母遗像依旧，我觉得一切似乎平安，和我们离开时差不多。见过了家人以后，觉得还少了什么。少的是家中另外两个成员——两只猫。"媚儿和小花呢？"我和仲同时发问。

　　回答说，它们出去玩了，吃饭时会回来。午饭之后是晚饭，猫儿还不露面。晚饭后全家在电视机前小坐，照例是少不了两只猫的。媚儿常坐在沙发扶手上，小花则常蹲在地上，若有所思地望着我。我总是和它说话，问它要什么，一天过得好不好。它以打哈欠来回答。有时就试图坐到膝上来，有时则看看门外，那就得给它开门。

可这一天它们不出现。

"小花，小花，快回家！"我开了门灯，站在院中大声召唤。因为有个院子，屋里屋外，猫们来去自由，平常晚上我也常常这样叫它。叫过几分钟后，一个白白圆圆的影子便会从黑暗里浮出来，有时快步跳上台阶，有时走两步停一停，似乎是闹着玩。有时我大开着门它却不进来，忽然跳着抓小飞虫去了，那我就不等它，自己关门。一会儿再去看时，它坐在台阶上，一脸期待的表情，等着开门。

小花被家人认为是我的猫。叫它回家是我的差事，别人叫，它是不理的。仲因为给它洗澡，和它隔阂最深。一次仲叫它回家，越叫它越往外走，走到院子的栅栏门了，忽然回头见我出来站在屋门前，它立刻转身飞箭似的跑到我身旁。没有衡量，没有考虑，只有天大的信任。

对这样的信任我有些歉然，因为有时我也不得不哄骗它，骗它在家等着，等到的是洗澡。可它似乎认定了什么，永不变心，总是坐在我的脚边，或睡在我的椅子上。再叫它，还是高兴地回家。

可是现在，无论怎么叫，只有风从树枝间吹过，好不凄冷。

七十年代初，一只雪白的、蓝眼睛的狮子猫来到我家，我们叫它狮子，它活了五岁，在人来讲，约三十多岁，正在壮年。它是被人用鸟枪打死的。当时它刚生过一窝小猫，好的送人了，只剩一只长毛三色猫，我们便留下了它，叫它花花。花花五岁时生了媚儿，因为好看，没有舍得送人。后来又有一只小猫没有送出。花花活了十岁左右，也是深秋时分，它病了，不肯在家，曾回来有气无力地叫了几声，用它那妩媚温顺的眼光看着人，那就是它的告别了。后来它忽然就不见了。猫不肯死在自己家里，怕给人添麻烦。

孤儿小猫就是小花，它是一只非常敏感、有些神经质的猫，非常注意人的脸色，非常怕生人。它基本上是白猫，头顶、脊背各有一块乌亮的黑，还有尾巴是黑的。尾巴常蓬松地竖起，如一面旗帜，招展得很有表情。它的眼睛略呈绿色，目光中常有一种若有所思的神情。我常常抚摸它，对它说话，觉得它不知什么时候就会回答。若是它忽然开口讲话，我一点不会奇怪。

小花有些狡猾，心眼儿多，还会使坏。一次我不在家，它要仲给它开门，仲不理它，只管自己坐着看书。它忽然纵身跳到仲膝上，极为利落地撒了一泡尿，仲连忙站起时，它已方便完毕，躲到一个角落去了。"连猫都斗不过"成了一个话柄。

　　小花也是很勇敢的，有时和邻家的猫小白或小胖打架，背上的毛竖起，发出和小身躯全不相称的吼声。"小花又在保家卫国了。"我们说。它不准邻家的猫践踏草地。猫们的界限是很分明的，邻家的猫儿也不欢迎客人。但是小花和媚儿极为友好地相处，从未有过纠纷。

　　媚儿比小花大四岁，今年已快九岁，有些老态龙钟了。它浑身雪白，毛极细软柔密，两只耳朵和尾巴是一种娇嫩的黄色。小时可爱极了，所以得一"媚儿"之名。它不像小花那样敏感，看上去有点儿傻乎乎的。它曾两次重病，都是仲以极大的耐心带它去小动物门诊，给它打针服药，终得痊愈。两只猫洗澡时都要放声怪叫。媚儿叫时，小花东藏西躲，想逃之夭夭。小花叫时，媚儿不但不逃，反而跑过来，想助一臂之力。其憨厚如此。它们从来都用一个盘子吃饭。小花小时，媚儿常让它先吃。小花长大，就常让媚儿先吃。有时一起吃，也都注意谦让。我不免自夸几句："不要说郑康成婢能诵毛诗，看看咱们家的猫！"

可它们不见了！两只漂亮的、各具性格的、懂事的猫，你们怎样了？

据说我们离家后几天中，小花在屋里大声叫，所有的柜子都要打开看过。给它开门，又不出去。以后就常在外面，回来的时间少。再以后就不见了，带着爱睡觉的媚儿一起不见了。

"到底是哪天不见的？"我们追问。

都说不清，反正好几天没有回来了。我们心里沉沉的，找回的希望很小了。

"小花，小花，快回家！"我的召唤在冷风中，向四面八方散去。

没有回音。

猫其实不仅是供人玩赏的宠物，它对人是有帮助的。我从来没有住过新造的房子，旧房就总有鼠患。在城内酒兹府居住时，老鼠大如半岁的猫，满屋乱窜，实在令人厌恶。抱回一只小猫，就平静多了。风庐中鼠洞很多，鼠们出没自由。如有几个月无猫，它们就会偷粮食，啃书本，坏事做尽。若有猫在，不用费力去捉老鼠，只要坐着，甚至睡着喵鸣几声，鼠们就会望风而逃。一次，父亲和我还据此讨论了半天"天敌"两字。猫是鼠的天敌，它就有灭鼠的威风！驱逐了鼠的骚扰，面对猫的温柔娇媚，感到平静安详，赏心悦目，这多么好！猫实在是人的可爱而有利的朋友。

小花和媚儿的毛都很长，很光亮。看惯了，偶然见到紧毛猫，总觉得它没穿衣服。但长毛也有麻烦处，它们好像一年四季都在掉毛，又不肯在指定的地点活动，以致家里到处是猫毛。有朋友来，小坐片刻，走时一身都是猫毛，主人不免尴尬。

一周过去了，没有踪影。也许有人看上了它们那身毛皮——亲爱的小花和媚儿，你们究竟遇到了什么！

我们曾将狮子葬在院门内枫树下，它大概早融在春来绿如翠、秋至红如丹的树叶中了。狮子的儿孙们也一代又一代地去了，它们虽没有葬在冢内，也各自到了生命的尽头。"前不见古人，后不见来者"，生命只有这么有限的一段，多么短促。我亲眼看见猫儿三代的逝去，是否在冥冥中，也有什么力量在看着我们一代又一代在消逝呢？

1992年11月上旬

辑二

晚霞落黄昏，故人上心头

霞彩天天消去，
但是次日还会生出。

星期三的晚餐

　　去年春来时，我正在医院里。看见小花园中的泥土变得湿润，小草这里那里忽然绿了起来，真有说不出的安慰和兴奋。"活着真好。"我悄悄对自己说。

　　那时每天想的是怎样配合治疗。为补元气，饮食成为一件大事。平常我因太懒，奉行"宁可不吃也不做"的原则。当然别人做了好吃的，我也有兴趣，但自己是懒得动手的。得了病，别人做来我吃，成为天经地义，还唯恐不合口味，做者除了仲和外甥女冯枚，扩及住得近的表弟表妹和多年老友立雕（韦英）夫妇。

立雕是闻一多先生次子，和我同岁。我和他的哥哥立鹤同班，可不知为什么我和闻老二比和闻老大熟得多。立雕知道我的病况后，认下了每星期三的晚餐，把探视的日子留给仲。因为星期三不能探视，就需要花言巧语费尽周折才能进到病房。每次立雕都很有兴致地形容他的胜利。后来我身体渐好，便到楼下去"接饭"。见他提着饭盒沿着通道走来，总要微惊，原来我们都是老人了。

好一碗鸡汤面！油已去得干净，几片翠绿的菜叶，让人看了胃口大开。又一次是煮米粉，不知都放了什么作料，我居然把一碗吃完。立雕还征求意见："下次想吃什么？""酿皮子。"我脱口而出，因为知道春华弟妹是陕西人。

"你真会挑！"又笑加一句，"你这人天生的要人侍候。"

又是一个星期三，果然送来了酿皮子。那东西做起来很麻烦，要用特制的盘子盛了面糊，在开水里搅来搅去。味道照例是浓重的。饭盒里还有一个小碟，放了几枚红枣。立雕说这是因为作料里有蒜，餐后吃点枣可以化解蒜味儿，是春华预备的。

我当时想，我若不痊愈，实无天理。

立雕不只拿来晚饭，每次还带些书籍来。多是关于抗战时昆明生活的。一次说起一九四五年一月我们随闻一多先生到石林去玩。闻先生那张口衔烟斗的照片就是在石林附近尾泽小学操场照的。

"说起来，我还没有这张照片呢。"我说。

"洗一张就是了。"果然下次便带来了那照片，比一般常见的大些。闻先生浓眉下双目炯炯有神，正看着我们，烟斗中似有轻烟升起。

闻先生身后有个瘦瘦的小人儿，坐在地上，衣着看不清，头发略长，弯弯的。"呀！"我叫了一声，"这是谁呀？"

素来反应迟钝的仲这次居然一眼看清，虽然他从未见过少年时代的我："这是谁？这不是我们的病号吗！"

立雕原来没有注意，这时鉴定认可。我身旁还有一个年轻人，不是立雕，也不是小弟，总是当时的熟人吧。

素来自命清高，不喜照相，人多时便躲到一边去。这回怎么了！我离闻先生不近，却正好照上了，而且在近五十年后才发现。看见自己陪侍闻先生在照片里，觉得十分快乐。

在昆明有一段时间，我们和闻家住隔壁。家门前都有西餐桌面大的一小块土地，都种了豌豆什么的，好掐那嫩叶尖。母亲和闻伯母常站在各自的菜地里交谈。小弟向立鹤学得站立洗脚法，还向我传授。盆放在凳子上，人站在地下，两脚轮流作金鸡独立状，我们就一面洗一面笑。立鹤很有才华，能绘画、善演戏，英语也不错，若是能够充分发挥，应也像三弟立鹏一样是位艺术家。可叹他在一九四六年的灾难中陪同闻先生在鬼门关走了一遭，一九五七年又被错误地批判，并受了处分，经历甚为坎坷，心情长期抑郁不畅。他一九八一年因病去世，似是同辈人中最早离去的。

那次去石林是西南联大学生组织的，请闻先生参加。当时立鹤、立雕兄弟，小弟和我都是联大附中学生，是跟着闻先生去的。先乘火车到路南，再骑一种矮脚马。我们那时都没有棉衣，记得在旷野中迎风骑马，觉得寒气逼人。骑马到尾泽后，住在尾泽小学。以后无论到哪里都是步行了。先赏石林的千姿百态，为那鬼斧神工惊叹不止。再访瀑布大叠水、小叠水。给我印象最深的是尾泽附近的长湖。湖边的石奇巧秀丽，树木品种很多，一片绿影在水中，反照出来，有一种淡淡的幽光。水面非常安详闲适，妩媚极了，我以后再没有见到这样纯真妩媚的湖。一九八〇年回昆明，再去石林，见处处是人为的痕迹，鬼斧神工的感觉淡得多了。没有人提到长湖，我也并不想再去，怕见到那本是不食人间烟火的天真烂漫，也沾惹上市井之气。

这张照片中没有风景，那时大同学组织活动，目的也不在风景。只是我太懵懂了，只记得在操场围成一个大圈子，学阿细跳月。闻先生讲话，大同学朗诵诗、唱歌，内容都不记得了。

一九八〇年曾为闻先生衣冠冢写了一首诗，后半段有这样几句：

亲眼见那燃着的烟斗

照亮了长湖边的苍茫暮霭

我知道这冢内还有它

除了衣冠外

原来照片中不只有它，还有我。

闻先生罹难后，清华不再提供住宅。父母亲邀闻伯母带领孩子们到白米斜街家中居住。我们住后院，闻伯母一家住前院。我常和立雕、小弟三人一道骑车。那时街上车辆不像现在这样拥挤，三人并排而行，也无人干涉。现存有几张当时在北海拍摄的相片，一张是立雕和我在白塔下，我的头发还是和在闻先生背后的那张上一模一样。后来我们迁到清华住了，他们一家经组织安排到了解放区。一晃便是几十年过去了。

在昆明时，教授们为生活所迫，不得不做点能贴补家用的营生。闻先生擅长金石，对美学和古文字又有很高的造诣，这时便镌刻图章，石章每字一千二百元，牙章每字三千元。立雕、立鹤兄弟两人有很好的观摩机会，渐得真传，有时也分担一些。立雕参加革命后长期做宣传工作，一九八八年离休，在家除编辑新编《闻一多全集》的《书信卷》之外，还应邀为浠水闻一多纪念馆设计和编写展览脚本。近期又将着手编闻先生的影集《人民英烈闻一多》。看样子他虽离休了，事情还很多，时间仍是不敷分配。

看来子孙还是非常重要，闻先生不只有子，而且有孙。《闻一多年谱长编》是由立雕之子闻黎明编写的。黎明查找资料很仔细，到昆明看旧报，见到冯爷爷的材料也都摘下。曾寄来蒙自"故居"的照片，问"璞姑"是不是这栋房子。房子不是，但在第三代人心中存有关切，怎不让人感动！

父亲前年去世后，立雕写了情意深重的信。信中除要以他们兄妹四人名义敬献花圈外，还说："伯父去世是我们国家和人民的重大损失。我永远忘不了在我们最困难的时候，伯父、伯母给我们的关怀、帮助和安慰。我们两家两代人的友谊，是我脑海中永不会消失的美好记忆与回忆。"

从那桌面大的豌豆地，从那长湖上的暮霭，友谊延续着，通过了星期三的晚餐，还在延续着。我虽伶仃，却仍拥有很多。我有知我、爱我的朋友，有众多的堂兄弟姊妹、表兄弟姊妹，还有因上一代友情延续下来的诸家准兄弟姊妹——

比起"文革"间那一次重病的惨淡凄凉，这次生病倒是蛮风光的，怎舍得离开这个世界呢。

活着真好。

1992年3月中写，4月底改

三幅画

　　戊辰龙年前夕，往荣宝斋去取裱的字画。在手提包里翻了一遍，不见取物字据。其实原字据已莫名其妙地不知去向，代替的是张挂失条，而现在连这挂失条也不见了。

　　业务员见我懊恼的样子，说，拿走罢，找着以后寄回来就行了。

　　我们高兴地捧了字画回家。一共五幅，两幅字三幅画，一幅幅打开看时，甚生感慨。现只说这三幅画。

　　三幅画均出自汪曾祺的手笔。

老实说，在一九八六年以前，我从不知汪曾祺擅长丹青，可见是何等的孤陋寡闻。原只知他不只写戏还能演戏，不只写小说散文还善旧诗，是个多面手。四十年代初，西南联大同学排演《家》。因为兄长钟辽扮演觉新，我去看过戏。有两个场面印象最深，一是高老太爷过世后，高家长辈要瑞珏出城生产，觉新在站了一排的长辈面前的惶恐样儿。哥哥穿一件烟色长衫，据说很潇洒。我只为觉新伤心，以后常常想起那伤心。一是鸣凤鬼魂下场后，老更夫在昏暗的舞台中间，敲响了锣，锣声和报着更次的喑哑声音回荡在剧场里。现在眼前还有老更夫的模样，耳边还有那声音，涩涩的，很苦。

老更夫是汪曾祺扮演的。

时光一晃过了四十年。八十年代初，《钟山》编辑部举办太湖笔会，从苏州乘船到无锡去。万顷碧波，洗去了尘俗烦恼，大家都有些忘乎所以。我坐在船头，乘风破浪，十分得意，不断为眼前景色欢呼。汪兄忽然递过半张撕破的香烟纸，上写着一首诗："壮游谁似冯宗璞，打伞遮阳过太湖，却看碧波千万顷，北归流入枕边书。"我曾要回赠一首，且有在船诸文友相助，乱了一番，终未得出究竟。而汪兄这首游戏之作，隔了五年，仍清晰地留在我记忆中。

一九八六年春，偶往杨周翰先生家，见壁悬画图，上栖一只松鼠，灵动不俗。得知乃汪兄大作时，不胜惊异。又有一幅极清秀的字，署名上官碧，又不知这是沈从文先生笔名。杨先生则为我的无知而惊异，笑说，你怎么什么都不知道。

实在是的，我常处于懵懂状态，这似乎是一种习惯。不过一经明白，便有行动，虽然还是拖了许久。初夏时，我修书往蒲黄榆索画，以为一年半载后可得一张。

不想一周内便来了一幅斗方。两只小鸡，毛茸茸的，歪着头看一串紫红色的果子，很可爱。果子似乎很酸，所以小鸡在琢磨吧。

这画我喜欢，但不满意，怀疑汪兄存有哄小孩心理，立即表态：不行不行，还要还要！

第二幅画也很快来了。这是一幅真正的赠给同行的画，红花怒放，下衬墨叶，紧靠叶下有字云："人间存一角，聊放侧枝花，临风亦自得，不共赤城霞。"画中花叶与诗都在一侧，留有大片空白，空白上有烟灰留下的一个小洞。曾嘱裱工保留此洞，答称没有这样的技术。整个画面在临风自得的恬淡中，却有一种活泼的热烈气氛。父亲看不见画，听我念诗后，大为赞赏，说用王国维的标准来说，这诗便是不隔。何谓不隔？物与我浑然一体也。

我这时已满意，天下太平，不再生事。不料秋末冬初时，汪兄忽又寄来第三幅画。这是一幅水仙花，长长的挺秀的叶子，顶上几瓣素白的花，叶用蓝而不用绿，花就纸色不另涂白。只觉一股清灵之气，自纸上透出。一行小字：为纪念陈澂莱而作，寄与宗璞。

把玩之际，不觉唏嘘。谢谢你，汪曾祺！

澂莱乃我挚友，和汪兄也相识。五十年代最后一年，澂莱与我一同下放在涿鹿县。当时汪兄在张家口一带，境况比我们苦得多了。一次开什么会，大家穿着臃肿的大棉袄在塞上相见。我仍是懵懵懂懂，见了不认识的人当认识，见了认识的人当不认识。澂莱常纠正我，指点我这人那人都是谁；看我见了汪兄发愣，苦笑道，汪曾祺你也不认识！

澂莱于一九七一年元月在寒冷的井中直落九泉之下，迄今不明缘由。我曾为她写了一篇《水仙辞》的小文。现在谁也不记得她了，连我都记不准那恐怖的日子。汪兄却记得水仙花的譬喻，为她画一幅画，而且说来年水仙花发，还要写一幅。

从前常有性情中人的说法，现在久不见这词了。我常说的"没有真性情，写不出好文章"的大白话，也久不说了。

性情中人不一定写文章，而写出好文章的，必有真性情。

汪曾祺的戏与诗，文与画，都隐着一段真性情。

三幅画放到一九八七年才送去裱，到一九八八年春节才取回。在家里再翻手提包，那挂失条竟赫然在焉。我只能笑自己的糊涂。

1988年4月

在曹禺墓前

四十年代后期，在清华读书时，有一阵子，每到下午课后，常常骑车出去漫游。圆明园、颐和园以及这一带当时还很荒僻的郊野，都是常到的地方。漫游中有一个"景点"，便是万安公墓。那时的万安真是安静，很少人迹，墓也不多。春来野花烂漫，秋至落叶萧萧，便总想起华兹华斯的那首《我们是七个》，诗中说一个孩子认为死去的姐妹只不过是躺在墓园里，有句云"每当夕阳西下／我来到墓边／拿着我的小碗／坐在他们身旁吃晚饭"，似乎他们仍在世上。那时我在墓间走来走去，觉得彼岸世界浑和静穆，很近又很远。

后来自己经历了几次亲人的永别，才知道什么是死亡。万安公墓不再是我欣赏的对象，而是牵连到我的心魂。我几乎是怕去，但又想去，抚一抚父母的墓碑，也是定省。今年清明前我们照例去扫墓，擦拭了作为墓碑的大石头，摆好了花束，又照例默然站了一会儿，各人想自己的心事。然后为一点小问题，我们到管理处去。走过另一个区时，家人忽说："曹禺在这里。"

我们快步向前，见一个矮碑，写着"曹禺"两个大字，为巴金老人所题。墓面是隆起的黑色大理石，没有任何别的字迹。本来"曹禺"两个字就足以说明一切了。我们不约而同肃然而立，深深三鞠躬。

五十年代中，我在文艺界打杂，曹禺同志（这是习惯的称呼）为写《明朗的天》，曾约我谈话，要我讲讲解放前后教授的生活、学生的心情等。我讲话的能力很差，大概没有帮助。讲到刚解放时，和几个同学在寒风中走到海淀去看解放军。解放军一个个都很年轻，戴着大皮帽子。他很注意这一细节。《文艺报》一个同事的妹妹是医生，他也曾去拜访。听说他写《日出》时，对不了解的生活特去做实地考察。这样补充生活，有时能酿出蜜来，有时却不一定，而这种认真的精神很值得我学习。以后，每在一些场合遇到时，他总要关心地问起冯老师近况。印象最深的是在阳翰老八十五华诞的庆祝会上，曹禺同志特地走到我面前说："问冯老师好。我是万家宝，告诉他，万家宝问好。"

一九九三年，我在深圳小住。住处有一个女服务员，学写小说，笔名梅子，拿了几篇作品来征求意见，乃和她谈起要多读书。她说最想读曹禺的剧本，许多人想读，但是买不到。回京后，我立即到处搜寻《曹禺选集》，遍寻无着。我们又失望又气闷，为什么想看的书总是买不到呢？这个奥秘我到现在也不明白。当时有一家小出版社负责人听说，觉得偌大北京城买不到曹禺剧本实在不可思议，便想由他填补空白。我们都很兴奋，特地到北京医院看望曹禺同志，说了这一愿望。他说已和人民文学出版社签有合同，可是不知是没有书了，还是有书渠道不通。那家小出版社只好作罢。他还坚持依照习惯，坐在轮椅上送我们到电梯口。其实我们也知道，这样的张罗只是尽心而已。我只好写信给梅子，告诉买不到书，也不知道她收到这信没有。后来《曹禺全集》是由花山文艺出版社出版的，不知是什么原因。

一九九六年底，曹禺同志逝世，我觉得历史好像翻过了一页，再也回不去了。

　　曹禺同志是话剧史上的里程碑，我没有专门研究过，这只是一个读者的看法。记得在昆明，上中学时，曾看过《家》《北京人》等演出，每次都受到很大的震撼。它们都有一种诗意，就好像《红楼梦》和别的小说的区别，就是有一种诗意。这使得作品超凡脱俗，直叩人们心底。从来改编自小说的剧本都不及小说，只有《家》的改编是个例外。它本身就是创作，很有灵气，很美。我很喜欢曹禺的对话。只凭对话，不用描写，就能塑造出活生生的人物，真是了不起！而且那语言是多么铿锵有力。那时我们几个少年人在一起，有人随便说一句："太阳出来了！"别的人就会自然地接上去："黑暗留在后头，但是太阳不是我们的，我们要睡了。"还有《北京人》中的台词"这是人类的祖先，这也是人类的希望，那时候的人要爱便爱，要恨便恨"，也是我们常背诵的。《原野》中仇虎和金子的对话，一个说："给你钱。"一个答："钱我有。"一个说："给你车。"一个答："车不用。"过了几十年，我还记得。我觉得他的剧本不只是为上演，也是为了阅读，可以大声朗诵，也可以默默阅读，那语言在你心里回荡时，真是无声胜有声了。

　　若要攀点关系，可以说曹禺同志和我是清华先后同学。

我一直认为，自一九二八年清华学校改为清华大学以降，在文科领域里，曹禺是清华学长第一人。

还有一位我敬佩的清华学长是作曲家黄自。老实说，当我知道黄自也是清华毕业（一九二四年）时，很觉奇怪。我喜欢他的音乐。在我国现代音乐史上，第一部交响音乐是他创作的。一九九五年，我在美国参加一个会，一个台湾旅美作家说，他很关心对黄自的评价。其实我们的中央音乐学院已经在校园里竖起了黄自的铜像，我每次去都要行注目礼。我永远记得他的《抗敌歌》中那雄壮的合唱："中华锦绣江山谁是主人翁？我们四万万同胞！"前几天，中央电视台还演播了他的《春思曲》。可惜黄自在抗战后一年，在三十四岁的锦绣年华去世了，不然我们还会听到他的更好的、真正伟大的音乐。

曹禺和黄自对中华民族的文化倾注了自己生命的甘泉。他们的作品都是原创性的，不可替代的。他们是清华的骄傲。我们仍在读他的书，唱他的歌，而且会一直继续下去。

我不知道想读曹禺的读者们是否已经有书。希望他们不会等得太久。

明年清明，我当另带一束鲜花，放在曹禺墓前。

1999年清明前后 搁至端阳始又检出

刚毅木讷近仁

——记张岱年先生

张岱年先生的著作，我家有好几种，大部分是张先生送给先君冯友兰先生的，也有几种赐我和外子仲，如《张岱年学术论著自选集》《中国伦理思想研究》《张岱年文集》等。我以为哲学书是要正襟危坐来读的，但总没有这样的日子。近日，仲往中关园探望，又带回一本《张岱年学术文化随笔》。因为书名是随笔，似乎可以随便读，一读之下，启示良多，没想到我也是要把学术思想变为随笔才能领会。后又浏览《中国文化及哲学》等书，便有一些想法。张先生书的一个突出特点是个性鲜明，他旁征博引，用的材料很多，但是绝无堆砌之弊，而是经过咀嚼消化，条理分明地用来说出自己的看法。父亲曾说张先生的著作读来亲切有味，我想这是因为他提炼了中国文化的精髓，给我们的不仅是香醇的乳汁，而且是乳汁的乳汁，是奶油。

我很喜欢《论中国文化的基本精神》一文。文中提到中国文化的四个基本要点，即刚健有力、和与中、崇德利用、天人协调。我读后精神为之一振。文中说，《周易·大传》提出"刚健"的学说："大有，其德刚健而文明，应乎天而时行。"又云："大畜，刚健笃实辉光，日新其德。"这些都是赞扬刚健的品德。《象传》说："天行健，君子以自强不息。"天体运行，永无已时，故称为健。健含有主动性、能动性以及刚强不屈之义。君子法天，故应自强不息。张先生特别赞赏"天行健，君子以自强不息"的思想，在多篇文章中都有讲到。这句话下面还有一句"地势坤，君子以厚德载物"。坤者，顺也，大地以其宽厚能载万物，也就是要宽容，要兼容并包。这句话很重要，如无厚德载物的地，自强不息的天是没有根基的。这两句话曾被清华大学作为校训，激励着许多学子，它镌刻在年轻人的心里。我自己非常喜欢这两句话，曾多次建议清华恢复这一校训，许多校友都有这想法。近闻清华大礼堂内原有的这八个字已经恢复，看来有望。张先生文的第二个要点：和与中。"以他平他谓之和"，意谓聚集不同的事物而得其平衡，叫作"和"，这样就能产生新事物，所以说"和实生物"。"君臣亦然。君所谓可，而有否焉，臣献其否，以成其可，君所谓否，而有可焉，臣献其可，以去其否，是以政平而不干。"这是《左传》记晏婴的话，君与臣也不能只是君说了算，要讨论哪些是否，哪些是可。第三个要点是"正德、利用、厚生"。这是春秋时代的三事说，意即端正品德，善于使用工具器物，改善丰富生活。这就包括了人的精神和物质两方面生活。第四个要点是"天人协调"。《文言》说："夫大人者，与天地合其德，与日月合其明，与四时合其序，与鬼神合其吉凶。先天而天弗违，后天而奉天时。"《论中国文化的基本精神》文中说："此所谓先天，即引导自然；此所谓后天，即随顺自然。在自然变化未萌之先加以引导，在自然变化既成之后注意适应，做到天不违人，人亦不违天，即天人相互协调。"张先生把中国文化精神从糟粕中清理出来，让我们知道该继承什么，而不是只盯着三纲五常，认为中国文化一无是处。若能把这几点略通一二，人们就会清醒些，就不会在糟粕中打滚，不会以歪门邪道求进身，不会用站笼把人活活站死，也不会学抽鸦片烟！

读这本书，知道一点张先生提出的文化综合创意的学说。有人说这一学说提示了文化发展的规律，因为文化总是在推陈出新的。这是大学问，我无研究。又知道张先生从青年时代就是唯物论者。《世界文化与中国文化》（一九三三年）一文中贯穿了辩证思想。最后写道："文化是最复杂的现象，文化问题只有用唯物辩证法对待，才能妥善地处理。列宁说：'在文化问题上，性急与皮相是最有害的。'这是我们应永远注意的名言。"张先生自选集中收了这篇文章。他在三十年代就引用列宁的话了。我上过张先生所授的历史唯物主义和辩证唯物主义课，当时有人议论，说张先生讲的唯物论不见得合官方的意思。我懵懵懂懂地过了好些年，现在才逐渐明白，他讲的唯物论，大概是和政治有距离的，所以有"学院派马克思主义者"之称。去年在加拿大，有几位哲学教授，对张先生的文章都很钦佩，虽然他们都是有信仰的神学家。若论信仰唯物论，张先生可谓老资格，但似一直没有得到应有的重视，他从未当过什么委员、代表，倒是赶上当了回"右派"。

北大中哲史教研室主任陈来先生有一篇文章，其中说：

"冯先生的《中国哲学史》，张先生的《中国哲学大纲》，前者以人物为线，后者以问题为纲，一纵一横，构成现代中国哲学史研究的经典双璧。"我读陈来文章才知道，有一段时期，因为是"右派"，张先生的书不能用真名出版。无独有偶，冯先生的书五六十年代在台湾多次出版，却没有作者名字，好像这书是从天上掉下来的。曾遇一韩国作家，他说他很感谢偷印这书的人，不然就读不到，岂非大遗憾？现在在台湾读冯著倒是方便了，谁知又有新麻烦。

曾与张先生谈及那一段生活，我问是什么支持着他，他答道："批判想不通，觉得世间再无公理，曾有过自杀的念头。但想到我若自杀，你七姑和孩子就没法活了。"在最艰险的时刻，是朴素的亲情挽住了生命之舟。我自己也有亲身体会。

家里有一张古老的结婚照片，许多人簇拥着魁伟的新郎和娇小的新娘，那便是张先生和我的堂姑母，七姑冯缳兰。前面站的两个小女孩，穿着红缎镶亮边的小袍子，高的是张申府先生的女儿，矮一些的就是我，所以我在七岁就认识张先生了。七姑曾在清华乙所和我们城内寓所住过一段时期，但是张先生很少理会孩子，不像陆先生（侃如）还曾把我们孩子抢起来转圈，使得大家都很高兴。那是因为张先生满心装的都是哲学，别的再也塞不进去。七姑曾形容他，上公共汽车永远是被别人挤下来，怎么也上不去。这些年，我却越来越觉得张先生亲近，从心里爱戴他。张先生为人厚道，有求必应，这是众所周知的。我们常常觉得他也能说句"不"才好。

父亲和张先生俱治中国哲学，方法、道路不同，但他们互相理解，互相尊重，且有很深的感情，那并不是因为姻亲的关系。父亲去世的次日，张先生赶到家里，一定要去医院看望，我不愿老人看见他所关心的人躺在一个冰冷的匣子里，但是七姑父坚持要去，非去不可。当时有几位清华教师同来吊唁，乃陪同前往。两位老学者，一个躺着，一个站着，阴阳两隔，相对无语，似乎时间都凝固了。事隔多年，写到这一段，我还是忍不住自己的眼泪。父母亲下葬的那天，大雪纷飞，郊外青山如着一袭素衣。亲友们站在雪地中，没有一位肯戴帽子。张先生披着雪花作墓前演说，他说冯先生是一位与时俱进的思想家，他的一生是追求真理的一生。张先生的话透过雪花，在众人心上回荡。

一九九一年我罹患重病，张先生数次从中关园步行半小时来看望。我知道他看望的不只是我。

我们一代又一代的学者，都是在努力追求真理，但是他们的步履是多么艰难！从焚书坑儒始，各种查禁，以至于砍头，可以作一部专史。到"文化大革命"，歪曲批判，残酷斗争，还有各种助纣为虐的唾骂，一起上阵。他们坚持活下来，完成自己认为应该做的事，这需要多么大的勇气和毅力！东坡论留侯云："天下有大勇者，卒然临之而不惊，无故加之而不怒，此其挟持者甚大，而其志甚远也。"在荆棘中行走的人，很少认为自己是大勇者，只是有一种精神，一种志向，遂留下了名山事业。

有的人内涵很少，却从外界得到很多，有的人内涵丰富，却从外界得到很少，这也就是一种平衡吧。

"刚毅木讷近仁"，是孔夫子的话，父亲用来形容张先生（见《张岱年文集》序）。我写下这句话做题目时还以为是自己的发明呢，其实我一定读过这篇序的。张先生有一枚非等闲的闲章，镌有"直道而行"四字。他确实是直道而行，所以不会挤公共汽车。他口吃，不善言辞，木讷气质一见便知，于木讷中自有一种温厚气象，使人如沐春风。这春风很近，因为房间堆满书，人能占有的地方很小。在表弟未分得房子时，张先生的书斋放不下一把待客的椅子，我们去了，索性坐在床上。现在倒有了一张凸凹不平的老式沙发，人先需侧行，然后就座。张先生重听，日益严重，而我听力、视力减退的速度似乎要和老人比赛，大家促膝而谈，倒免得高声。

以上文字是去年写的，总想再改得好些，便搁着。转眼冬去春来，一九九七年三月二十二日《张岱年全集》（以下简称《全集》）由河北人民出版社出版并举行了首发式。张先生命我参加，我当时正在医院又一次和病魔搏斗，未能前往。本来对一位哲学家的著作轮不到我发言，但以我三重身份——学生、晚辈和读者，似还是可以说几句，意思虽肤浅，心却是真挚的。

张先生亲自参加《全集》的首发式，亲眼见到自己的全集出版，这样的例子并不多。我很为张先生高兴，也为读者高兴。没怎么听见动静，《全集》便到了读者面前，而且装帧精美，错字很少。比较起来，《三松堂全集》的出版过程要艰难得多，已历经十二个寒暑（玄奘取经也不过十四载），还不知何时能见全貌，只有耐心等待了。

去年一份报上刊出张家二老的照片，有小字说明他们都是七十八岁的老人。其实去年他们是八十七岁，今年正好是米寿大庆。我想"改得好些"的愿望，看来一时做不到了，乃将去年之稿略做修改，祝贺《张岱年全集》的出版，并为二老寿。

1996年11月中旬初稿

1997年6月下旬病中改，8月始成

霞落燕园

北京大学各住宅区，都有个好听的名字。朗润、蔚秀、镜春、畅春，无不引起满眼芳菲和意致疏远的联想。而燕南园只是个地理方位，说明在燕园南端而已。这个住宅区很小，共有十六栋房屋，约一半在五十年代初已分隔供两家居住，"文革"前这里住户约二十家。六十三号校长住宅自马寅初先生因过早提出人口问题而迁走后，很长时间都空着。西北角的小楼则是党委统战部办公室，据说还是冰心前辈举行"第一次宴会"的地方。有一个游戏场，设秋千、跷跷板、沙坑等物。不过那时这里的子女辈多已在青年，忙着工作和改造，很少有闲情逸致来游戏。

每栋房屋照原来设计各有特点，如五十六号遍植樱花，春来如雪。周培源先生在此居住多年，我曾戏称之为周家花园，以与樱桃沟争胜。五十四号有大树桃花，从楼上倚窗而望，几乎可以伸手攀折，不过桃花映照的不是红颜，而是白发。六十一号的藤萝架依房屋形势搭成斜坡，紫色的花朵逐渐高起，直上楼台。随着时光流逝，各种花木减了许多。藤萝架已毁，桃树已斫，樱花也稀落多了。这几年万物复苏，有余力的人家都注意绿化，种些植物，却总是不时被修理下水道、铺设暖气管等工程毁去。施工的沟成年累月不填，各种器械也成年累月堆放，高高低低，颇有些惊险意味。

这只不过是最表面的变化。迁来这里已是第三十四个春天了。三十四年，可以是一个人的一辈子，做出辉煌事业的一辈子。三十四年，婴儿已过而立，中年重逢花甲。老人则不得不撒手另换世界了。燕南园里，几乎每一栋房屋都经历了丧事。

最先离去的是汤用彤先生。我们是紧邻。一九六四年的一天，他和我的父亲同往《人民日报》开会批判胡适先生，回来车到家门，他忽然说这是到了哪里，找不到自己的家。

那便是中风先兆了。不久逝世。记得曾见一介兄从后角门进来，臂上挂着一根手杖。我当时想，汤先生再也用不着它了。以后在院中散步，眼前常浮现老人矮胖的身材，团团的笑脸。那时觉得死亡真是不可思议的事。

"文化大革命"初始，一张大字报杀害了物理系饶毓泰先生，他在五十一号住处投缳身亡。数年后翦伯赞先生夫妇同时自尽，在六十四号。他们是"文革"中奉命搬进燕南园的。那时自杀的事时有所闻，记得还看过一个消息，题目是刹住自杀风，心里着实觉得惨。不过夫妇能同心走此绝路，一生到最后还有一同赴死的知己，人世间仿佛还有一点温馨。

一九七七年我自己的母亲去世后，死亡不再是遥远的了，而是重重地压在心上，却又让人觉得空落落，难于填补。虽然对死亡已渐熟悉，后来得知魏建功先生在一次手术中意外地去世时，还很惊诧。魏家迁进那座曾经空了许久的六十三号院，是在七十年代初，但那时它已是个大杂院了。魏太太王碧书曾和我的母亲说起，魏先生对她说过，解放以来经过多少次运动，想着这回可能不会有什么大错了，不想更错！当时两位老太太不胜慨叹的情景，宛在目前。

六十五号哲学系郑昕先生，后迁来的东语系马坚先生和抱病多年的老住户历史系齐思和先生俱以疾终。一九八二年父亲和我从美国回来不久,我的弟弟去世,在悲苦忙乱之余忽然得知五十二号黄子卿先生也去世了。黄先生除是化学家外,擅长旧体诗,有唐人韵味。老一代专家的修养,实非后辈所能企及。

女植物学家吴素萱先生原在北大,后调植物所工作,一直没有搬家。七十年代末期我进城开会,常与她同路。她每天六点半到公共汽车站,非常准时。我常把校园里的植物向她请教,她都认真回答,一点不以门外汉的愚蠢为可笑。她病逝后约半年,《人民日报》刊登了一张她在看显微镜的照片。当时传为奇谈。不过我想,这倒是这些先生总的写照。九泉之下,所想的也是那点学问。

冯定同志是老干部,和先生们不同。在五十五号住了几十年,受批判也有几十年了。他有句名言:"无错不当检讨的英雄。"不管这是针对谁的,我认为这是一句好话,一句有骨气的话。如果我们党内能有坚持原则不随声附和的空气,党风民风何至于此!听说一个小偷到他家破窗而入行窃,翻了半天才发现有人坐在屋中,连忙仓皇逃走,冯定对他说:"下回请你从门里进来。"这位老同志在久病备受折磨之后去世了。到他为止,燕南园向人世告别的"户主"已有十人。

但上天还需要学者。一九八六年五月六日，朱光潜先生与世长辞。

朱家在"文革"后期从燕东园迁来，与人合住了原统战部小楼。那时燕南园已约有八十余户人家。兴建了一座公厕，可谓"文革"中的新生事物，现在又经翻修，成为园中最显眼的建筑。朱家也曾一度享用它。据朱太太奚今吾说，雨雪时先由家人扫出小路，老人再打着伞出来。令人庆幸的是北京晴天多。以后大家生活渐趋安定，便常见一位瘦小老人在校园中活动，早上举着手杖小跑，下午在体育馆前后慢走。我以为老先生们大都像我父亲一样，耳目失其聪明，未必认得我，不料他还记得，还知道些我的近况，不免暗自惭愧。

我没有上过朱先生的课，来往也不多。一九六〇年十月我调往《世界文学》编辑部，评论方面任务之一是发表古典文艺理论。我们组到的第一篇稿子是朱先生摘译的莱辛名著《拉奥孔：论画和诗的界限》，原书十六万字，朱先生摘译了两万多字，发表在一九六〇年十二月《世界文学》上。记得朱先生在译后记中论及莱辛提出的为什么拉奥孔在雕刻里不哀号，在诗里却哀号的问题。他用了化美为媚的说法。

并曾对我说用"媚"字译charming最合适。媚是流动的，不是静止的；不只有外貌的形状，还有内心的精神。"回眸一笑百媚生"，那"生"字多么好！我一直记得这话。一九六一年下半年他又为我们选译了一组文艺复兴时代意大利文艺理论，都极精彩。两次译文的译后记都不长，可是都不只有材料上的帮助，且有见地。朱先生曾把文学批评分为四类，以导师自居、以法官自命、重考据和重在自己感受的印象派批评。他主张后者。这种批评不掉书袋，却需要极高的欣赏水平，需要洞见。我看现在《读书》杂志上有些文章颇有此意。

也不记得为什么，有一次追随许多老先生到香山，一个办事人自言自语："这么多文曲星！"我便接着想，用满天云锦形容是否合适，满天云锦是由一片片霞彩组成的。不过那时只顾欣赏山的颜色，没有多注意人的活动。在玉华山庄一带观赏之余，我说我还从未上过"鬼见愁"呢，很想爬一爬。朱先生正坐在路边石头上，忽然说，他也想爬上"鬼见愁"。那年他该是近七十了，步履仍很矫健。当时因时间关系，不能走开，还说以后再来。香山红叶的霞彩变换了二十多回，我始终没有一偿登"鬼见愁"的夙愿，也许以后真会去一次，只是永不能陪同朱先生一起登临了。

"文革"后期政协有时放电影，大家同车前往。记得一次演了一部大概名为《万紫千红》的纪录片，有些民间歌舞。回来时朱先生很高兴，说："这是中国的艺术，很美！"他说话的神气那样天真。他对生活充满了浓厚的感情和活泼泼的兴趣，也只有如此情浓的人，才能在生活里发现美，才有资格谈论美。正如他早年一篇讲人生艺术化的文章所说，文章忌俗滥，生活也忌俗滥。如季札挂剑夷齐采薇这种严肃的态度，是道德的也是艺术的。艺术的生活又是情趣丰富的生活。要在生活中寻求趣味，不能只与蝇蛆争温饱。记得他曾与他的学生澳籍学者陈兆华去看莎士比亚的一个剧，回来打不到出租车。陈兆华为此不平，曾投书《人民日报》。老先生潇洒地认为，看到了莎剧怎样辛苦也值得。

朱先生从《给青年的十二封信》开始，便和青年人保持着联系。我们这一批青年人已变为中年而接近老年了，我想他还有真正的青年朋友。这是毕生从事教育的老先生之福。就朱先生来说，其中必有奚先生内助之功，因为这需要精力、时间。他们曾要我把新出的书带到澳洲给陈兆华，带到社科院外文所给他的得意门生朱虹。他的学生们也都对他怀着深厚的感情。朱虹现在还怪我得知朱先生病危竟不给她打电话。

然而生活的重心、兴趣的焦点都集中在工作上，时刻想着的都是各自的那点学问，这似乎是老先生们的共性。他们紧紧抓住不多了的时间，拼命吐出自己的丝，而且不断要使这丝更亮更美。有人送来一本澳大利亚人写的美学书，托我请朱先生看看值得译否。我知道老先生们的时间何等宝贵，实不忍打扰，又不好从我这儿驳回，便拿书去试一试。不料他很感兴趣，连声让放下，他愿意看。看看人家有怎样的说法，看看是否对我国美学界有益。据说康有为曾有议论，他的学问在二十九岁时已臻成熟，以后不再求改。有的老先生寿开九秩，学问仍和六十年前一样，不趋时尚固然难得，然而六十年不再吸收新东西，这六十年又有何用？朱先生不是这样。他总在寻求，总在吸收，有执着也有变化。而在执着与变化之间，自有分寸。

老先生们常住医院，我在省视老父时如有哪位在，便去看望。一次朱先生恰住隔壁，推门进去时，见他正拿着稿子卧读。我说："不准看了。拿着也累，看也累！"便取过稿子放在桌上。他笑着接受了管制。若是自己家人，他大概要发脾气的。这是他生命中最重要的事啊。他要用力吐他的丝，用力把他那片霞彩照亮些。

奚先生说，朱先生一年前患脑血栓后脾气很不好。他常以为房间中哪一处放着他的稿子，但实际没有，便烦恼得不得了。在香港大学授予他荣誉学位那天，他忽然不肯出席，要一个人待着，好容易才劝得去了。一位一生寻求美、研究美、以美为生的学者在老和病的障碍中的痛苦是别人难以想象的。他现在再没有寻求的不安和遗失的烦恼了。

文成待发，又传来王力先生仙逝的消息。与王家在昆明龙头村便曾是邻居，燕南园中对门而居也已三十年了。三十年风风雨雨，也不过一眨眼的工夫。父亲九十大寿时，王先生和王太太夏蔚霞曾来祝贺，他们还去向朱先生告别，怎么就忽然一病不起！王先生一生无党无派，遗命夫妇合葬，墓碑上要刻他一九八〇年写的赠内诗。诗中有句云："七省奔波逃猃狁，一灯如豆伴凄凉。""今日桑榆晚景好，共祈百岁老鸳鸯。"可见其固守纯真之情，不与纷扰。各家老人转往万安公墓相候的渐多，我简直不敢往下想了。只有祷念龙虫并雕斋主人安息。

十六栋房屋已有十二户主人离开了。这条路上的行人是不会断的。他们都是一缕光辉的霞彩，又组成了绚烂的大片云锦，照耀过又消失，像万物消长一样。霞彩天天消去，但是次日还会生出。在东方，也在西方，还在青年学子的双颊上。

1986年5月

绿衣人

近来翻译了一篇小说《信》，其中有一个自私的母亲教育孩子说，你到了一定年龄就不要再拆信，信里都是别人的痛苦，不要让别人的事伤你自己的心。译时觉得纸上一股冷气逼人，暗自庆幸我对信的感受完全相反。

我喜欢信，喜欢读信，书信越过高山，使分隔两地的离人能互诉衷曲，从互相关心中得到滋养。古时把生离死别并列，自从有了邮政，虽生离而能有音信，比起去到那永不会有任何消息回来的天国，自然大不一样。

每个人一生会收到许多信，我也一样。我曾为别人的欢喜而欢喜，为别人的悲哀而悲哀；也曾写过许多信，希望别人为我的欢喜而欢喜，为我的悲哀而悲哀。为了信，我曾盼望，也曾等待。哪怕得到的是难题，是痛苦，我却因世界上不只有我一个自己，而觉得更充实更温暖。

得信的最后一个环节，便是送信人了。他们身着绿衣，骑车在一栋栋房屋前停下来，投递着人们期望或不期望的消息。这一带春来樱花如雪，夏日榴花似火，秋时蔷薇类的黄花开得满院皆金，冬天的雪花飘飘扬扬，覆盖了一切。绿衣人总是准时地走过花的曲径或雪的小路，把一封封信送到门前。

今年雪下得早，雪使世界变得纯洁了，柔软了。像一篇正在写的童话，像一个尚未飘逝的梦，在静静地飘落着的雪花中。我看见一点绿色，被地上的雪光照着，移过来，移过来——

这是小展。奇怪的是，以前我们都不曾知道绿衣人的姓，而现在人人知道她是小展。因为她不只送来邮件，还曾带来欠资信，免得我到邮局去取；有朋友的汇款要转到别处，她说代办了吧，不麻烦。邻居在路上遇到她，她会告诉今天有他的信，年底收款，头一天每份报纸都打上醒目的红字：“明日收报费。”

也许小展有时不能给人带来人们所期望的消息，但是小展本身，便展示着希望了。她不只骑车又下车，拿出信报放进信箱。她是用了心，一颗充满了希望的心，充满了关切的心，总是想给别人方便的心。医生们说，两个同样的病人，一个受到应有的治疗，一个除了治疗，还有亲人的关心，后者得生的希望要大得多。我们曾伤过元气，我们多么需要千千万万这样宝贵的心，来补养，来恢复，来建设新的一切。

雪地上那一点移过来的绿色，常在眼前拂拭不去。忽然想起不只送信人身着绿衣，整个邮政系统用的俱是绿色。这也许有什么史话吧。我无考据癖，只从常理来想，绿色正是春天的颜色，生命的颜色。人们希望书信能带来春天，带来生命，带来希望。虽然有的信会传来噩耗，但是身着绿衣的人却承担着带来希望的使命。

春天的希望，生命的希望——绿色的希望，不是每一个新年都应该带给我们的吗？

1981年底

辑三

时光流逝，如水如烟

那门前歪斜的台阶，门上剥落的字迹，

以及两行槐树，仍然像北京的数千条胡同一样，

给人一种遥远的、宁静的气氛。

我爱燕园

我爱燕园。

考究起来，我不是北大或燕京的学生，也从未在北大任教或兼个什么差事。我只是一名居民，在这里有了三十五年居住资历的居民。时光流逝，如水如烟，很少成绩；却留得一点刻骨铭心之情：我爱燕园。

我爱燕园的颜色。五十年代，春天从粉红的桃花开始。看见那单薄的小花瓣在乍暖还寒的冷风中轻轻颤动，便总为强加于它轻薄之名而不平，它其实是仅次于梅的先行者。还没有来得及为它翻案，不要说花，连树都难逃斧钺之灾，砍掉了。于是便总由金黄的连翘迎来春天。因为它可以入药，在校医院周围保住了一片。紧接着是榆叶梅热闹地上场，花团锦簇，令人振奋。白丁香、紫丁香，幽远的甜香和着朦胧的月色，似乎把春天送到每人心底。

绿草间随意涂抹的二月兰，是值得大书特书的，那是野生的花，浅紫掺着乳白，仿佛有一层亮光从花中漾出，随着轻拂的微风起伏跳动，充满了新鲜，充满了活力，充满了生机，简直让人不忍走开。紫色经过各种变迁，最后便是藤萝。藤萝的紫色较凝重，也有淡淡的光，在绿叶间缓缓流泻，这时便不免惊悟，春天已老。

夏日的主色是绿，深深浅浅浓浓淡淡的绿。从城里奔走一天回来，一进校门，绿色满眼，猛然一惊，便把烦恼都抛在校门外了。绿色好像是底子，可以融化一切的底子，那文眼则是红荷。夏日荷塘是我招待友人的保留节目。鸣鹤园原有大片荷花，红白相间，清香远播。动乱多年以后，寻不到了。现在勺园附近、朗润园桥边都有红荷，最好的是镜春园内的一池，隐藏在小山之后，幽径曲折，豁然得见。红荷的红不同于桃、杏，鲜艳中显出端庄，就像白玉兰于素静中显出华贵一样。我曾不解为什么佛的宝座作莲花状，再一思忖，无论从外貌或品德比较，没有比莲花更适合的了。

秋天的色彩令人感到充实和丰富。木槿的花有紫有白，紫薇的花有紫有红，美人蕉有各种颜色，玉簪花则是玉洁冰清，一片纯白。而最得秋意的是树叶的变化。临湖轩下池塘北侧一排高大的银杏树，秋来成为一面金色高墙，满地落叶也是金灿灿的，踩上去不由生出无限遐想。池塘西侧一片灌木不知名字，一个叶柄上对称地生着秀长的叶子，着雨后红得格外鲜亮。前年我为它写了一篇小文《秋韵》，去年再去观赏时，却见树丛东倒西歪，让人踩出一条路。若再成红霞一片，还不知要多少年！我在倒下的枝叶旁徘徊良久，恨不能起死回生！"文化大革命"中滋长的破坏习性，什么时候才能改变？！

一望皆白的雪景当然好看，但这几年很少下雪。冬天的颜色常常是灰蒙蒙的，很模糊。晴时站在未名湖边四顾，天空高处很蓝，愈往边上愈淡，亮亮地发白，枯树枝丫，房屋轮廓显出各种姿态，像是一幅没有着色只有线条的钢笔画。

我爱燕园的线条。湖光塔影，常在从燕园离去的人的梦中。映在天空的塔身自不必说，投在水中的塔影，轮廓弯曲了，摇曳着，而线条还是那么美！湖心岛旁的白石舫，两头微微翘起，有一点弧度，显得既圆润又利落。据说几座仿古建筑的檐角，因为缺少了弧度，而成凡品。湖西侧小山上的钟亭，亭有亭的线条，钟有钟的线条，钟身上铸了十八条龙和八卦。那几条长短不同的横线做出的排列组合，几千年来研究不透。

我爱燕园的气氛，那是人的活动造成的。每年秋天，新学年开始，园中添了许多稚气的脸庞。"老师，六院在哪里？""老师，一教怎样走？"他们问得专心，像是在问人生的道路。每年夏天，学年结束，道听途说则是："你分在哪里？""你哪天走？"布告牌上出现了转让车票、出让旧物的字条。毕业生要到社会上去了。不知他们四年里对原来糊涂的事明白了多少，也不知今后会有怎样的遭遇。我只觉得这一切和四季一样分明，这是人生的节奏。

有时晚上在外面走——应该说，这种机会越来越少了——看见图书馆灯火通明，像一条夜航的大船，总是很兴奋。那凝聚着教师与学生心血的智慧之光，照亮着黑暗。这时我便知道，糊涂会变成明白。

三角地没有灯，却是小小的信息中心，前两年曾特别热闹，几乎天天有学术报告，各种讲座，各种意见，显示出每个人都用自己的头脑在思索。一片绚烂胜过自然间的万紫千红。这才是燕园本色！去年上半年骤然冷落，只剩些舞会通知、电影广告和遗失启事，虽然有些遗失启事很幽默，却总感到茫然凄然。近来又恢复些生气。我很少参加活动，看看布告，也是好的。

我爱燕园中属于我自己的记忆。我扫过自家门前雪，和满地扔瓜子壳儿的男士女士们争吵过。我为奉老抚幼，在衰草凄迷的园中奔走过。我记得室内冷如冰窖的寒冬，也记得新一代水暖工送来温暖的微笑。我那操劳一生的母亲怀着无限不安和惦念在校医院病逝，没有足够的人抬她下楼。当天，她所钟爱的狮子猫被人用鸟枪打死，留下一只尚未满月的小猫。这小猫如今已是十一岁，步入老年行列了。这些记忆，无论是美好的还是痛苦的，都同样珍贵。因为那属于我自己。

我爱燕园。

1988年1月18日

那祥云缭绕的地方

——记清华大学图书馆

　　图书馆，在一座大学里，永远是很重要的，教师在这里钻研学问，学子在这里发奋学习，任何的学术成就都是和图书馆分不开的。

　　我结识清华图书馆是从襁褓中开始的。我出生两个月，父亲执教清华，全家移居清华园。母亲在园中来去，少不得抱着我，或用婴儿车推着我。从那时，我便看见了清华图书馆。我想，最初我还不会知道那是什么。渐渐地，能认识那是一座大建筑。在上幼儿园时就知道那是图书馆了。

图书馆外面的石阶很高，里面的屋顶也很高，一进门便有一种肃穆的气氛。说来惭愧，对于孩子们，它竟是一个好玩的地方。不记得什么时候了，我第一次走进图书馆，父亲当时在楼下，向南的甬道里有一间朝东的房间，我和弟弟大概是跟着父亲走进来的。那房间很乱，堆满书籍文件，我不清楚那是办公室还是个人研究室，也许是兼而用之。每次去不能多停，我们本应立即出馆，但常做非法逗留，在房间外面玩。给我们的告诫是不准大声说话，于是我们的舌头不活动，腿却自由地活动。我们把朝南和朝西的甬道都走到头，甬道很黑，有些神秘，走在里面像是探险，有时我们去爬楼梯，跑到楼上再跑下来。我们还从楼下的饮水管中，吸满一口水，飞快地跑到楼梯顶往下吐。就听见水落地"啪"的一声，觉得真有趣。我们想笑却不敢笑，这样的活动从来没有被人发现。

上小学时学会骑车，有时由哥哥带着坐大梁，有时自己骑，当时校中人不多，路上清静，慢慢地骑着车，左顾右盼很是惬意。我们从大礼堂东边绕过去，到图书馆前下车，走上台阶，再跑下来，再继续骑，算是过了一座桥。我们仰头再仰头，看这座"桥"和上面的楼顶。楼顶似乎紧接着天上的云彩。云彩大都简单,一两笔白色而已,但却使整个建筑显得丰富。多么高大,多么好看!这印象还留在我心底。

从外面看图书馆有东西两翼,东面的爬墙虎爬得很高,西面的窗外有一排紫荆树,那紫色很好看,可是我不喜欢紫荆,对于看不出花瓣的花朵我们很不以为然。有人说紫荆是清华的校花,如果真是这样,当然要刮目相看。

抗战全面爆发,我们离开清华园,一去八年,对北平的思念其实是对清华园的思念。在清华园中长大的孩子对北平的印象不够丰富,而梦里塞满了树林、小路、荷塘和那一片包括大礼堂、工字厅等处的祥云缭绕的地方。胜利以后,我进入清华外文系学习,在家中虽然有一个小天地,图书馆是少不得要去的。我喜欢那大阅览室,这里是那样安静,每个人都在专心地读书。只有轻微的翻书页的声音。几个大字典架靠墙站着,字典永远是打开的,不时有人翻阅。我总是坐在最里面的一张桌上,因为出入都要走一段路,就可以让自己多坐一会儿。在那里看一些参考书,做各种作业。在家里写不出的作文,在图书馆里似乎是被那种气氛感染,很快便写出来。当然也有时在图书馆做功课不顺利,在家中自己的小天地里做得很快。

在这一段日子里,我惊异地发现图书馆变得越来越小,不像儿时印象中那样高大，但它仍是壮丽的，也常有一两笔白色的云依在楼顶。

四年级时，便要做毕业论文，可以进入书库。置身于书库中，真像是置身于一个智慧的海洋，还有那清华图书馆著名的玻璃地板，半透明的，让人觉得像是走在湖水上，也像是走在云彩上，真是祥云缭绕了。我的论文题目是托马斯·哈代的诗，本来我喜欢哈代的小说，后来发现他写诗也是大家，深刻而有感染力，便选了他的诗做论文题目。导师是美国教授温德。在书库里流连徜徉真是乐事，只是在当时火热的革命形势中，不很心安理得，觉得喜欢书库是一种落后的表现。直到以后很多年，经过时间的洗磨，又经过不断改造，我只记得曾以哈代为题做毕业论文，内容却记不起了。有一次，偶然读到卞之琳翻译的哈代的诗，竟惊奇哈代的诗原来这样好。

那时，图书馆里有教室。我选了邓以蛰的美学，便是在图书馆里授课，在哪间房间记不起了。这门课除我之外还有一个男生，邓先生却像有一百个听众似的，每次都做了充分准备，带了许多图片，为我们放幻灯。幻灯片里有许多名画和建筑，我在这里第一次看见蒙娜丽莎，可惜不记得邓先生的讲解了。这门课告诉我们，科学的顶尖是数学，艺术的顶尖是音乐。只是当时没有音响设备，课上没有听音乐。

父亲在图书馆楼下仍有一个房间，我有时去看看。常见隔壁的房门敞开着，哲学系学长唐稚松在里面读书，唐兄先学哲学又学数学，现在在"计算机科学与软件工程"方面有重大成就，享有国际声誉。我们在电话中谈起图书馆，谈起清华，都认为清华教我们自强、严谨，要有创造性，终身不能忘。

从清华图书馆里走出来的还有少年闻一多和青年曹禺。闻一多一九一二年入清华学堂，在清华学习九年，少不了要在图书馆读书。九年中他在课余写的旧体诗文自编为《古瓦集》，去年经整理后出版。可惜我目力太弱，已不能阅读，只能抚摸那典雅的蓝缎面，让想象飞翔在那一片彩云之上。

曹禺的第一部剧作《雷雨》是在清华图书馆里写成的。我想那文科的教育，外国文学的熏陶，那祥云缭绕的书库，无疑会影响着曹禺的成熟和发展。我们不能说清华给了我们一个曹禺，但我们可以说清华有助于万家宝成为曹禺。我想，演员若能扮演曹禺剧中人物，是一种幸运。他的台词几乎不用背，自然就会记得。"太阳出来了，黑暗留在后头，但是太阳不是我们的，我们要睡了。"上中学时，如果有人说一句"太阳出来了"，立刻会有人接上"黑暗留在后头"。"我的中国名字叫张乔治，外国名字叫乔治张"，短短两句话给了多么宽广的表演天地。也许这是外行话，但这是我的感受。

从图书馆走出的还有许多在各方面有成就的人，无论成就大小，贡献大小，都是促使社会进步的力量，想来在清华献出了毕生精力的教职员工都会感到安慰。

我已经把哈代忘了许多年。忽然有一天，清华图书馆韦老师告知我，清华图书馆中保存了我的毕业论文，这真是意外之喜。后知馆中还存有一九五〇级、一九五一级的部分论文。我即分告同班诸友，大家都很高兴。韦老师寄来了我的论文复印件，可翻译为《哈代诗歌中的必然观念》，厚厚的有二十七页。我拿到这一册东西，仿佛看见了五十年前的自己，全部文章是我自己打出来的，记得为打这篇论文，我特地学了英文打字。原来我是想写一本研究哈代的书，这论文不过是第一章。生活里是要不断地忘记许多事，不然会太沉重，忘得太多却也可惜。我在论文的序言中说，希望以后有时间真写出一本研究哈代的专著以完夙愿。这夙愿看来是完不成了。我已告别阅读，无法再读哈代，也无法读自己五十年前写的文字。我想，若是能读，也读不懂了。

今年夏天，目疾稍稳定，去清华参观新安排的"冯友兰文库"，顺便也到图书馆看看。大阅览室依旧，许多同学在埋头读书，安静极了。若是五年换一届学生，这里已换过十届了。岁月流逝，一届届学生的黑发变成银丝，但那自强不息的精神永在。

2001年

热土

弯曲的石径从小山坡上延伸下去，坡上坡下，长满了茂密的树木，望去只觉满眼一片浓绿，连身子都染得碧沉沉的。坡底绿草如茵，这里那里，点缀着粉红、淡蓝的小喇叭花。石径穿过草地，又爬上对面的小山坡，消失在绿荫深处。微风掠过这幽深的谷底，清晨芬芳的空气沁人心脾。许久以来，我还是第一次来到这隐秘的所在。

这不是我儿时常来玩的地方吗？对了，那四根白石柱本是藤萝架，曾经开满淡紫色的花朵，宛如一个大的幔帐。记得我和弟弟，还有几个小朋友一起，常在这里跑来跑去捉迷藏。而我们最喜欢的游戏是玩土。小山脚下石径旁，那一块地方土质松软，很像沙土，我们便常在这里进行大规模的建设。造桥、铺路、挖河……把土盖在手背上拍紧，然后慢慢抽出手来，便形成一个洞，还可以堆起土墙、土房。我们几乎天天要造一座城池呢。

那正是"七七事变"后不久，我们几个孩子住在姑母家，因为那时这里是教会学校，可以苟安一时。虽然我们每天只是玩，但在小小的心里也感到国破的厄运了。记得就在这藤萝架下，我给飞蚂蚁咬了一口，哭个不停。弟弟担心地拉着我的手吹着，一个大些的小朋友不耐烦了，说道："这是什么大事，日本兵都打进来了！"

"他们来抢我们的土地吗？"我马上停住了哭，记起了这句大人说过的话。紧接着我就去抚摸我们经常抚摸的泥土，觉得土地是这样温暖，这样可亲可爱。我恨不得把祖国大地紧紧拥抱在胸怀之间，免得被人抢走，我生在这里，我爱这树、这山、这泥土……

我不觉坐在石径的最下一阶，抚摸着那绿草遮盖的土地，沉入了遐想。

我想起清华校门内的那条林荫道，夹道两行槐树。每年夏初，淡淡的槐花香，便预告着要有一批年轻人飞向祖国各地，去建设我们亲爱的祖国。记得我走上工作岗位那年，我们几个同学在那条路上徘徊了多少次！我们讨论怎样服从祖国的需要，怎样使自己成为一丝一缕，来为祖国、为人民、为革命织造锦绣前程！后来我们全班十一个同学一起写了一份决心书，其中有这样的话语："如果有不如意的时候，请不要踩脚吧！脚下的土地，埋藏着烈士的头颅，浸染着烈士的鲜血。我们没有权利惊扰他们，我们只有义务在他们为之献身的土地上，实现共产主义理想。"记得在大礼堂宣读这份决心书时，会场是那样安静，气氛是那样激动和热烈，每个年轻的心都充满着建设祖国的美好愿望。会后，我走出礼堂，看到门前一片草坪，我又一次想拥抱祖国的土地。我要用每分力量，使祖国的土地更加温暖……

下放劳动时，我亲耳听到一个公社书记也说了类似的话：我们脚下的土地非比寻常，"不要踩脚"。在村中住下了，我才知道确实有"热土"这两个字。我的房东大娘在抗日战争、解放战争中都是积极分子，她常说，这附近十几个村庄，多少里地，每一寸都有她的脚印。"连那桑干河的水波纹，都让我踩平了。"她的儿子没有枪高就参了军，五十年代末期在张家口地委工作，多次来信请娘去住，我就坐在大门前小凳上给老人家念过几次这样的信。大娘每次听过，总要怔怔地望着村外那一片果树林。村子居高临下，越过那一片雪白的花海，可以望见花林外面的桑干河，闪着亮光，正在滔滔流去。"热土难离呵！"大娘每次都喃喃地说，"热土难离！"

热土难离！我们的泪水、血汗灌溉着它，怎能不热！我们的骨殖、身体营养着它，怎能不热！因为我们在这里度过了童年，在这里寄托着青年时代的梦想；我们还要永远安息在这里。因为这是我们的，我们自己的，我们自己的祖国的土地。

可是在六十年代末期，一切过去和将来的梦，一切美好的人为之生活、战斗的信念，都成为十恶不赦的罪行。正在建设的城池轰然倾倒，热土变成了废墟。那段沉重的日子，说不完写不尽，但有些记忆，也会随着岁月的流逝而淡漠，可有一个说来平淡的现象，却使我永不能忘。由于各种原因，我好几个月不曾出城。一次终于来到这校园中看望年迈的父母，在经过几个宿舍楼时，感到气氛异常，两边楼顶上都横放着床板，后来知道那是武斗中的防御工事。行人经常来往的大路空荡荡的，到处扔着些破砖烂瓦。虽然阳光照得刺眼，却显得十分荒凉惨淡。不知是怎么回事，我踌躇良久便绕道而行。后来听人说，幸亏没有愣走过去，要是走过去，还不知有怎样的下场！那时，无论怎样的下场，我都不在乎，但我却记下了那空荡荡点缀着碎砖石的路面，阳光照得刺眼。

以后我每想起这制造出的空荡荡的荒凉惨淡，就想起我们的流着活水、开着鲜花的热土，就想起要在这一片热土上建设共产主义的热切的心情，就想起幼年时怕失去祖国的恐惧。无论经过怎样的曲折艰险，我总觉得脚下的热土给我力量，无论怎样迷茫绝望，我从未失去对祖国的信念。

清晨的和煦的阳光，从浓密的树荫间照了下来，可以看见一束束亮光里浅淡的白雾，雾气正在消散。一束光恰照在我儿时玩沙土的地方，这里是一片鲜嫩的绿色，我们那幼小的手建造起来的玩具城池，当然不复存在。但我们现在正用成人的坚定的手，在祖国的热土上，建设着新的、各种各样的美好的城池。为了得到这建设的权利，我们付出过多少巨大的牺牲，多少锥心的痛苦，多少艰辛的劳动……

建造新的城池，当然也不会一帆风顺，说不定还需要血肉之躯来做基石。然而经过那惨重灾难的人民，永远不会束手无策，永远会有足够的勇气，来建设起崭新美好的一切一切，即或面对疾风骤雨、惊雷骇电！因为我们是站在亿万人民的血泪和汗水浇灌的热土上，是站在中华民族祖祖辈辈的身体、骨殖营养的热土上啊！

我离开这幽静的绿谷，慢慢走回家去，远远看见巍峨的图书馆门前，有一群群背着书包的年轻人在等候……

1979年6月

废墟的召唤

　　冬日的斜阳无力地照在这一片田野上。刚是下午，清华气象台上边的天空，已显出月牙儿的轮廓。顺着近年修的柏油路，左侧是干皱的田地，看上去十分坚硬，这里那里，点缀着断石残碑。右侧在夏天是一带荷塘，现在也只剩下冬日的凄冷。转过布满枯树的小山，那一大片废墟呈现在眼底时，我总有一种奇怪的感觉，好像历史忽然倒退到了古希腊罗马时代。而且乱石衰草中间，仿佛应该有着妲己、褒姒的窈窕身影，若隐若现，迷离扑朔。因为中国社会出奇的"稳定性",几千年来的传统一直传到那拉氏,还不中止。

这一带废墟是圆明园长春园的一部分。从东到西,有圆形的长台,长方形的观,已看不出形状的堂和小巧的方形的亭基。原来都是西式建筑,故俗称西洋楼。在莽莽苍苍的原野上,这一组建筑遗迹宛如一列正在覆没的船只,而那丛生的野草,便是海藻,杂陈的乱石,便是这荒野的海洋中的一簇簇泡沫了。三十多年前,初来这里,曾想,下次来时,它该下沉了吧?它该让出地方,好建设新的一切。但是每次再来,它还是停泊在原野上。远瀛观的断石柱,在灰蓝色的天空下,依然寂寞地站着,显得四周那样空荡荡,那样无依无靠。大水法的拱形石门,依然卷着波涛。观水法的石屏上依然陈列着兵器甲胄,那雕镂还是那样清晰,那样有力。但石波不兴,雕兵永驻,这蒙受了奇耻大辱的废墟,只管悠闲地、若无其事地停泊着。

时间在这里,如石刻一般,停滞了,凝固了。建筑家说,建筑是凝固的音乐。建筑的遗迹,又是什么呢?凝固了的历史吗?看那海晏堂前(也许是堂侧)的石饰,像一个近似半圆形的容器,年轻时,曾和几个朋友坐在里面照相。现在石"碗"依旧,我当然懒得爬上去了,但是我却欣然。因为我的变化，无非是自然规律之功罢了。我毕竟没有凝固——

对着一段凝固的历史，我只有怅然凝望。大水法与观水法之间的大片空地，原来是两座大喷泉，想那水姿之美，已到了标准境界，所以以"法"为名。西行可见一座高大的废墟，上大下小，像是只剩了一截的、倒置的金字塔。悄立"塔"下，觉得人是这样渺小，天地是这样广阔，历史是这样悠久。

路旁的大石龟仍然无表情地蹲伏着，本该竖立在它背上的石碑躺倒在土坡旁。它也许很想驮着这碑，尽自己的责任吧。风在路另一侧的小树林中呼啸，忽高忽低，如泣如诉，仿佛从废墟上飘来了"留——留——"的声音。

我诧异地回转身去看了。暮色四合，方外观的石块白得分明，几座大石叠在一起，露出一个空隙，像对我开口讲话。告诉我这里经历的烛天的巨火吗？告诉我时间在这里该怎样衡量吗？还是告诉你的向往，你的期待？

风又从废墟上吹过，依然发出"留——留——"的声音。我忽然醒悟了。它是在召唤！召唤人们留下来，改造这凝固的历史。废墟，不愿永久停泊。

然而我没有为这努力过吗？便在这大龟旁，我们几个人曾怎样热烈地争辩啊。那时的我们，是何等地慷慨激昂，是何等地满怀热忱！和人类比较起来，个人的一生是小得多的概念了，每个人自有理由做出不同的解释。我只想，楚国早已是湖北省，但楚辞的光辉，不是永远充塞于天地之间吗？

空中一阵鸦噪，抬头只见寒鸦万点，驮着夕阳，掠过枯树林，转眼便消失在已呈粉红色的西天。在它们的翅膀底下，晚霞已到最艳丽的时刻，西山在朦胧中涂抹了一层娇红，轮廓渐渐清楚起来。那娇红中又透出一点蓝，显得十分凝重，正配得上空气中摸得着的寒意。

这景象也是我熟悉的，我不由得闭上眼睛。

"断碣残碑，都付与苍烟落照。"身旁的年轻人自言自语。事隔三十余年，我又在和年轻人辩论了。我不怪他们，怎能怪他们呢！我嗫嚅着，很不理直气壮。"留下来吧！就因为是废墟，需要每一个你呵。"

"匹夫有责。"年轻人是敏锐的，他清楚地说出我嗫嚅着的话。"但是怎样尽每一个我的责任？怎样使环境更好地让每一个我尽责任？"他微笑，笑容介于冷和苦之间。

我忽然理直气壮起来："那怎样，不就是内容吗？"

他不答，我也停了说话，且看那瞬息万变的落照。迤逦行来，已到水边。水已成冰，冰中透出枝枝荷梗，枯梗上漾着绮辉。远山凹处，红日正沉，只照得天边山顶一片通红。岸边几株枯树，恰为夕阳做了画框。框外骄红的西山，这时却全呈黛青色，鲜嫩润泽，一派雨后初晴的模样，似与这黄昏全不相干，但也有浅淡的光，照在框外的冰上，使人想起月色的清冷。

树旁乱草中窸窣有声，原来有人作画。他正在画板上涂着颜色，涂了又擦，擦了又涂，好像不知怎样才能把那奇异的色彩捕捉在纸上。

"他不是画家。"年轻人评论道，"他只是爱这景色——"

前面高耸的断桥便是整个圆明园唯一的遗桥了。远望如一个乱石堆，近看则桥的格局宛在。桥背很高，桥面只剩下了一小半，不过桥下水流如线，过水早不必登桥了。

"我也许可以想一想，想一想这废墟的召唤。"年轻人忽然微笑说，那笑容仍然介于冷和苦之间。

我们仍望着落照。通红的火球消失了，剩下的远山显出一层层深浅不同的紫色。浓处如酒，淡处如梦。那不浓不淡处使我想起春日的紫藤萝，这铺天的霞锦，需要多少个藤萝花瓣啊！

仿佛听得说要修复圆明园了，我想，能不能留下一部分废墟呢？最好是远瀛观一带，或只是这座断桥，也可以的。

　　为了什么呢？为了凭吊这一段凝固的历史，为了记住废墟的召唤。

1979年12月

小东城角的井

昆明是我的第二故乡。

抗战八年，居住昆明，十分思念北平，总觉得北平的一草一木都是好的。回到北京后，又十分思念昆明，思念昆明那蓝得无底的天，乡下路旁没有尽头的木香花篱，几百朵红花聚于一树的山茶，搅动着幽香的海的蜡梅林，还有那萦绕在我少年时代的抑扬顿挫的昆明语调。

人就是这样，那远处的总是好一些。至于那逝去的，不可回复的，更是带有神秘色彩，一辈子都可以反复玩味——

如果有时间的话。

一九三八年至一九四六年，我家在昆明市内和近郊迁移过多次。曾有约一年时间，住在小东城角。一个小花园中有两幢小楼，我们和叔父景兰先生一家住在里面一幢，大门边的一幢由房东自己住。园中花木扶疏，颇为清雅，还有一口井。

刚搬去时，我们几个孩子总爱到井边去，俯在石栏上向下看。那是一面黯淡的镜子，照出我们的好奇的高兴的脸儿。那水很满，惹人想去摸一摸。但我们从未去搅动。只是看着。有时大喊一声，井里立刻有微弱的回声，好像井底住着什么精灵。我们便叫："出来出来！"当然什么也没有出来。

房东一家和我们不大来往，后来他们家来了一个梳两条细辫子的少女。据说是远房亲戚。她常到井边打水，对我们笑笑，不说话。在大门边遇见几次她问房东太太"咋个整？"不知问的是关于家务还是她自己的事。

"咋个整？"是我们最先学会的几句昆明话之一。我们也常常要问"咋个整？"听人问这话很觉亲切。

在小东城角住时还有一个重要节目，就是到附近一个图书馆看书，星期日或假日常常去。

似乎是叫作绥靖路图书馆，房间不大，有许多旧小说，读者秩序极好。有一本《兰花梦》给我印象很深。至今能记得其中情节。一户显赫人家有两个女儿，次女出生时家人都盼是个男孩，不幸是女孩，便假充男儿教养。她冒充男人事事成功，状元得中，高官得做，但不忘自己是个女儿身，不愿在做女人方面有所欠缺，要求丫鬟为自己缠足。后来嫁了一个样样逊她一筹的同僚，被虐待致死。书中加了个尾巴，说她返回天上做仙女去了。

一次从图书馆回家，见房东家的那位少女倚在门口，望着路的一端。她对我笑笑，轻轻说了一句："咋个整？"不知是自问还是问我，我仰头看她，她却又转脸望着路的一端。

次日早饭后，母亲对我们说，不要到井边去玩。我说，井边有栏杆。母亲温和地加重语气说："不要去了。听见了吗？！"

然而花园很小，我们站在门前，便见房东太太和几个人站在井边，指指点点说着什么。

几天不见那少女，后来才知道，她投井死了。

大家都觉得很恐怖。又过了些日子，恐怖的感觉渐渐淡了。我悄悄地到井边看，只见花木依旧，井栏边布满青苔，一片碧绿。大着胆子俯身看井，水仍是很满。我不敢仔细辨认自己的脸，看了一眼便跑开。心想跳井似乎是很容易的。

有很长时间，我把那少女和《兰花梦》中的人连在一起，虽然她们的身份悬殊。

　　在记忆的深井里，往事已经模糊，小东城角究竟是否真有过这样一位少女，很难说。也许是因为习惯于想象，把幻象添了进去。

　　然而那一口井，是确实存在过的。

1988年7月2日

京西小巷槐树街

这是一条长不足百米的胡同。两侧皆植槐树，掩映着一个个小宅院。名为槐树街，可谓名副其实。这一带街道，再没有种槐树的，若寻槐树街，认准槐树便是。

可能因为短小，人们说到它时，加之以"儿"——槐树街儿，似乎很亲热。树荫后面人家，经过许多变迁了，门前高台阶大都破旧不堪，双扇院门上的对联字迹模糊，很难辨认。有些双扇门已改为房门一样的单扇门了，开在胡同里，有点不伦不类。但那门前歪斜的台阶，门上剥落的字迹，以及两行槐树，仍然像北京的数千条胡同一样，给人一种遥远的、宁静的气氛。

这个居民点总称成府，位于北大和清华之间。以前的燕京和清华，现在的北大和清华，都有教职工住在这里。

一个黄昏，我站在槐树街口，目的是看一看槐树街十号。

找到十号。门洞窄小，房子没有格局，直觉地觉得不对。一个人出来说，原来的十号改为九号了，请到隔壁。

隔壁有几层台阶，门扇依然完好，若油漆一下，还是很像样的。经过仔细辨认，认清了门上的字，"中心育物，和气生春"。

我不记得这副对联。

进门向右，穿过一个小夹道，眼前豁然开朗。这是一个真正的四合院，正门朝北，垂花门开在西侧，正房对面建有南房。四面房屋都很整齐，木格窗，正房还有雕花。

院中几个人在闲坐，拿着蒲扇。旁边一棵石榴，正开着火红的花朵。正房前搭葡萄架，翠绿的叶子垂下来。多少年不见这样的院子了！

"这是我的出生地，就在这北房里。"寒暄后说明来意。

他们大概是东厢房的住户，很殷勤，却没有邀我进房去参观。只问："走了多少年了？出国了吧？"

其实我出生后两个月，随父母迁到清华，转了几十年，并没有转出北大清华这一带，很觉惭愧，只好含糊应了一句。

"我们是北大的职工，这房子属北大，新十号属清华。"他们介绍，"现在这院子住了八家。"

四面房屋前都搭了小棚屋，还停着一辆平板车，上有玻璃罩，写着"米酒"。

"是第二职业了？"我笑问。他们说是邻居的，当然是业余的。

告辞时主人说欢迎常来。我知道我不会常来。

出了门，见斜对过有彩灯一闪一闪，原来是开了一家冷饮小店。记得邻近的蒋家胡同有一间长三酒馆，当年是燕京清华的学生们谈心的好地方。专营海淀莲花白，那酒有的粉红，有的青绿。后来酒馆改为门市部，专营全世界到处买得到的东西。走过时张望了一下，心中诧异，怎么没有听说长三酒馆要重新开张。

走过新建的砖房，简直说不出是什么式样。两墙之间有一条极窄小的胡同，仅容一人行走，通过去不知是哪里。墙上挂着崭新的牌子："新胡同"。也是名副其实。

一阵清脆的笑声，从新胡同跑出几个女孩子。她们是要跳房子还是跳皮筋？我站住等着。她们不跳什么，笑着跑远了，把笑声留在胡同里。

1993年6月5日

辑四

读书，在迷茫中自渡

读书可以改变一个人的精神面貌和内在气质，可以改变他本人，而增加人格的力量。

恨书

写下这个题目，自己觉得有几分吓人。书之可宝可爱，尽人皆知，何以会惹得我恨？有时甚至是恨恨不已，恨声不绝，恨不得把它们都扔出去，剩下一间空荡荡的屋子。

显而易见，最先的问题是地盘问题。老父今年九十岁了，少说也积了七十年书。虽然屡经各种洗礼，所藏还是可观。原先集中摆放，一排一排，很有个小图书馆的模样。后来人口扩张，下一代不愿住不见阳光的小黑屋，见"图书馆"阳光明媚，便对书有些怀恨。"书都把人挤得没地方了。"这意见母亲在世时便有。听说有位老学者一直让书住正房，我这一代人可没有那修养了，以为人为万物之灵，书也是人写的，人比书更应该得到阳光空气和推窗得见的好景致。

后来便把书化整为零，分在各个房间。于是我的斗室也摊上几架旧书，《列子》《抱朴子》《亢仓子》《淮南子》《燕丹子》……它们遥远又遥远，神秘又无用。还有《皇清经解》，想起来便觉得腐气冲天。而我的文稿札记只好塞在这些书缝中，可怜地露出一点纸边，几乎要遗失在悠久的历史的茫然里。

其次惹得人恨的是书柜。它们的年龄都已有半个世纪，有的古色古香，上面的大篆字至今没有确解。对这我倒并无恶感。糟糕的是许多书柜没有拉手，当初可能没有这种"设备"（照说也不至于），以致很难开关，关时要对准榫头，关上后便再也开不开，每次都得起用改锥（那也得找半天）。可是有的柜门却太松，低头屈身，找下面柜中书时，上面的柜门会忽然掉下，"啪"的一声砸在头上，真把人打得发昏。这岂非关系人命的大事，怎不令人怀恨！有时晚饭后全家围坐笑语融融之际，或夜深梦酣之时，忽然一声巨响，使人心惊胆战，以为是地震或某种爆炸，惊走或披衣起来查看，原来是柜门掉了下来！

其实这些都不是解决不了的问题，只因我理家包括理书无方，才因循至此。可是因为书，我常觉惶惶然。这种惶惶然的感觉细想时可分为二。一是常感负疚，一是常觉遗憾。这确是无法解决的。

邓拓同志有句云："闭户遍读家藏书。"谓是人生一乐。在家藏旧书中遇见一本想读的书，真令人又惊又喜。但看来我今生是不能有遍读之乐了。不要说读，连理也做不到。一因没有时间，忙里偷闲时也有比书更重要的人和事需要照管料理。二是没有精力，有时需要放下最重要的事坐着喘气儿。三是因为过敏疾病，不能接触久置积尘的书。于是大家推选外子为图书馆馆长。这些年我们在这座房子里搬来搬去，可怜他负书行的路约也在百里以上了。在每次搬动之余，也处理一些没有保存价值的东西。一次我从外面回来，见我们的图书馆馆长正在门前处理旧书。我稍一拨弄，竟发现两本《丛书集成》中的花卉书。要知道《丛书集成》是四千多本一套的啊！于是我在怒火上升又下降之后，觉得他也太辛苦，哪能一本本都仔细看过？又怀疑是否扔去了珍贵的书，又责怪自己无能，没有担负起应尽的责任。如此怨天尤人，到后来觉得罪魁祸首都是书！

书还使我常觉遗憾。在我们磕头碰脑满眼旧书的居所中，常常发现有想读的或特别珍爱的书不见了。我曾遇一本英文的《杨子》，翻了一两页，竟很有诗意。想看，搁在一边，找不到了。又曾遇一本陆志韦关于唐诗的五篇英文演讲，想看，搁在一边，也找不到了。后来大图书馆中贴出这一书目，当然也不会特意去借。最令人痛惜的是《四库全书》中萧云从《离骚全图》的影印本，很大的本子，极讲究的锦面，醒目的大字，想细细把玩，可是，又找不到了！也许只在此山中，云深不知处？据图书馆馆长说已遍寻无着——总以为若是我自己找，可能会出现。但是总未能找，书也并未出现。

好遗憾啊！于是我想，还不如根本没有这些书，也不用负疚，也没有遗憾。

那该多么轻松。对无能如我者来说，这可能是上策。但我毕竟神经正常，不能真把书全请出门，只好仍时时恨恨，凑合着过日子。

是曰恨书。

1985年10月19日

乐书

多年以前，读过一首《四时读书乐》，现在只记得四句："读书之乐乐何如？绿满窗前草不除。""读书之乐乐无穷，瑶琴一曲来熏风。"这是春夏的情景，也是读书的乐境。"绿满窗前草不除"一句，是形容生机盎然的自由自在的情趣。"瑶琴一曲来熏风"一句，是形容炎炎夏日中书会给人一个清凉世界。这种乐境只有在读书时才会有。

作者写书总是把他这个人最有价值的一面放进书里，他在写书的时候，对自己已经进行了过滤。经常读书，接触的都是别人的精华。读书本身就是一件聪明的事，也是一件快乐的事。陶渊明说："每有会意，便欣然忘食。"金圣叹读到《西厢记》"不瞅人待怎生"一句，感动得三日卧床不食不语。这都是读书的至高境界。这不只是书本身的力量，也需要读者的会心。

我不是一个做学问的读书人，读书缺少严谨的计划，常是兴之所至。虽然不够正规，也算和书打了几十年交道。我想，读书有一个"分—合—分"的过程。

"分"就是要把各种书区分开来，也就是要有一个选择的过程。现在书出得极多，有人形容，写书的比读书的还多，简直成了灾。我看见那些装帧精美的书，总想着又有几棵树冤枉地献身了。"开卷有益"可以说是一句完全过时的话，千万不要让那些假冒伪劣的"精神产品"侵蚀。即便是列入必读书目的，也要经过自己慎重选择。有些书评简直就是一种误导，名实不符者极多，名实相悖者也有。当然可读的书更多。总的说来，有的书可精读，有的书可泛读，有的书浏览一下即可。美国教授老温德告诉我，他常用一种"对角线读书法"，即从一页的左上角一眼看到右下角。这种读书法对现在的横排本也很适用。不同的读法可以有不同的收获，最重要的是读好书，读那些经过时间圈点的书。

书经过区分，选好了，读时就要"合"。古人说"读书得间"，就是要在字里行间得到弦外之音，象外之旨，得到言语传达不尽的意思。朱熹说读书要"涵泳玩索，久之当自有见"，涵泳是在水中潜行，也就是说必须入水，与水相合，才能了解水，得到滋养润泽。王国维谈读书三境界，第三种境界是"蓦然回首，那人却在灯火阑珊处"，这种豁然贯通，便是一种会心。在那一刻间，读者必觉作者是他的代言人，想到他所不能想的，说了他所不会说不敢说的，三万六千毛孔也都张开来，好不畅快。

古时有人自外面回家，有了很大变化，人们便议论，说他不是遇见了奇人，就是遇见了奇书。书对人的影响是非常大的。不过要使书真的为自己所用，就要从"合"中跳出来，再有一次"分"，把书中的理和自己掌握的理参照而行。虽然自己的理不断受书中的理影响，却总能用自己的理去衡量、判断、实践。用现在的话说就是活学活用，用文一点的话说，就叫作"六经注我"。读书到这般地步，不只有乐，而且有成矣。

其实，这些都是废话，每个人有自己的读书法，平常读书不一定都想得那么多，随意翻阅也是一种快乐。我从小喜欢看书，所以得了一双高度近视眼。小时候家里人形容我一看书就要吃东西，一吃东西就要看书，可见不是个正襟危坐的学者，最多沾染了些书呆气，或美其名曰书卷气。因为从小在书堆中长大，磕头碰脑都是书，有一阵子很为其困扰，曾写了《恨书》《卖书》等文，颇引关注。后来把这些朋友都安排到妥当或不甚妥当的去处，却又觉得很为想念，眼皮子底下少了这一箱那一柜或索性乱堆着的书，确实失去了很多。原来走到房屋的每一个角落，都可以接触到各种宏论，感受到各种情感，这里那里还不时会冒出一个个小故事。虽然足不出户，书把我的生活从时空上都拓展了。因为思念，曾想写一篇《忆书》，也只是想想而已。近几年来眼疾发展，几乎不能视物，和书也久违了。幸好科学发达，经治疗后，忽然又看见了世界，也看见经过整顿后书柜里的书。我拿起几部特别喜爱的线装书抚摸着，一部《东坡乐府》，一部《李义山诗集》，一部《世说新语》。还有一部《温飞卿诗集》，字特别大，我随手翻到"捣麝成尘香不灭，拗莲作寸丝难绝"，不觉一惊——现在哪里还有这样的真诚和执着呢？

寒暑交替，我们的忙总无变化，忙着做各种有意义和无意义的事。我和老伴现在最大的快乐就是每晚在一起读书，其实是他念给我听。朋友们称赞他的声音厚实有力，我通过这声音得到书的内容，更觉得丰富。书房中有一副对联："把酒时看剑，焚香夜读书。"我们也焚香，不过不是龙涎香、鸡舌香，而是最普通的蚊香，以免蚊虫骚扰。古人焚香或也有这个用处？

四时读书乐，另两时记不得了。乃另诌了两句，曰："读书之乐何处寻？秋水文章不染尘。""读书之乐乐融融，冰雪聪明一卷中。"聊充结尾。

1999年8月上旬时炎夏已渐去矣

小说和我

在《三生石》正文前，我写了这样一句话："小说只不过是小说。"这话对小说本身并无贬义，只是希望读者把我的小书只当作小说，而不是当作历史或个人档案来读。前年香港的晚报上有一篇评论《三生石》的文章，开头引了这句话，说："'小说只不过是小说'——但透过小说可以反映现实社会的种种现象，也可以塑造各色各样的人物。"这自然是对的。英国女小说家奥斯丁曾为小说抱不平，说甚至在小说里，小说自己也受到歧视。她为了反驳这歧视，有一段关于小说——尤指长篇小说——的名言："小说家在作品里展现了最高的智慧；他用最恰当的语言，向世人表达他对人类最彻底的了解。把人性各式各样不同的方面，最巧妙地加以描绘，笔下闪耀着机智与幽默。"（引自杨绛译文）我们写小说的人，实应力争做到她对小说的要求，那是很不容易的。

小说常常没有做到那样完美，却也有很大影响，有时的影响大到不可思议。近人梁启超很看重小说的作用。他说，"欲新一国之民，不可不先新一国之小说""欲新人心，欲新人格，必新小说"。因为小说可以在不知不觉间改变人的精神面貌。他甚至把中国过去政治腐败的总根源归结于陈腐小说的影响，那些旧小说的主人公后来都当了状元宰相，宣扬升官发财思想；主人公无不得娇妻美妾，使人做无聊的才子佳人梦。他的看法，当然是本末倒置的，所持的根本观点不是存在决定意识，而是意识决定存在。但是他对小说的重视，对小说影响的估计是有道理的。比起历史、哲学或任何其他文字著作，小说更接近人的生活，也更能从根本处反映人生，因之能熏浸濡染，潜移默化。这是哲学家有时也会遗憾的。

有如此功能之小说，总应该写得好一点。窃以为小说若要有好影响，应具有社会性、可读性和启示性。

一九四九年新中国成立后，尤其是一九五七年以后，有一个流行说法，即文艺是社会动向的晴雨表。因为有这样的看法，当时的批判大都是文艺界首当其冲。其实这本是一句实话，说明文学艺术对社会生活的感受是最敏锐的。我想文学的价值也在此。如果它不是从生活里来，不反映生活中的晴雨，而只是图解政策，就没有任何力量。新时期以来我们的文学出现了繁荣局面，也是因为我们写了人民大众切身的经历和感受。人们在作品里倾吐自己多年压抑着的悲痛，抚一抚伤痕，是必要的。文学作品应该反映社会的真实情况。

我的有些作品不注重情节，也不用白描叙述的手法，有些费解，遂贻"曲高和寡"之讥。其实我以为小说之为小说的一个重要条件是：能够引人入胜，使人不能释手。也就是说小说应该让人看得下去，有其可读性。不过这里说的可读性不是躺在花园里或坐在火车上随便翻翻，而是要认真地读，小说要经得起认真读，也要吸引人去认真读。五十年代时我曾听我们的前辈作家老舍说，写东西要使人能感觉到。你描写冷，读者也打哆嗦；你描写热，能让人脱掉大衣棉袄。他去世后发表的《正红旗下》有一段文字写北京的风，读的时候真想擦擦桌子，真觉得到处都有黄土。伊丽莎白·鲍恩的小说《心之死》里描写伦敦的雾，读时使人窒息。这段描写可算是一个历史记载，因为伦敦已经没有雾了。总之，小说应该能感染读者，使读者共鸣。

小说还要经得起思索，也就是要对读者有所启示。我们新时期的好小说在社会性、可读性上大体做到，但还少真正有启示性的作品。鲁迅的《阿Q正传》《狂人日记》给我们多少启示！简直是当头棒喝，让人不能不思索我们国民性中的弱点、我们历史传统中封建礼教的危害。中国古典小说《金瓶梅》和《红楼梦》一比较，便可以看出优劣，前者只是描写人情世态栩栩如生，反映当时社会情况；后者除也做到这些，还有理想的光辉，有一种诗意贯穿全书，因为它的作者对社会人生有他的看法，有他的向往、遗憾和悲痛。伟大的作品总有巨大的思想内容，对人有所启示。但这思想内容绝非作者在说教，而是通过作品本身给予读者。

我自己在写作时遵循两个字，一曰"诚"，一曰"雅"。这是我国金代诗人元遗山的诗歌理论。郭绍虞先生将遗山论诗总结为"诚乃诗之本，雅为诗之品"，我以为很简约恰当。没有真性情，写不出好文章。如果有真情，则普通人的一点感慨也常常很动人。如果心口不一，纵然洋洒千言，对人也如春风过耳，哪里谈得到感天地、泣鬼神！文学必须真实地反映人生才能获得自己的生命，这一点是新时期作家们普遍的认识。鲁迅所说的瞒和骗的文学是没有市场的。只是要做到诚，不瞒不骗，并不容易。要正视生活需要很多条件，如本身的理论水平、处世能力、勇气和毅力等等。能够认真地看清楚了，还要认真地写出来，就更是谈何容易！

"雅"可以说是文章的艺术性。要做到这点，只有一个苦拙的方法，就是改，不厌其烦地改。"文章是改出来的"，这是一句尽人皆知的话，但这句话包含多大的耐心，恐怕也只有作者自己知道。

我的作品简单地说，可分为两大类。一类是现实主义的，照现实的样子写。有一位前辈曾谆谆教诲我这样写。我以为有道理。有一天忽然悟到，《红楼梦》里写了几百个年纪差不多的女孩儿，而能各有个性，并不重复，可能因为作家在现实生活中便接触了这样多，也许更多的女孩，把她们写下来，自然便不同，因为世界上没有哪两个人是一样的。我的这类作品有《红豆》《弦上的梦》《三生石》等，窃称之为外观手法。另一类我称之为内观手法，即透过现实的外壳去写本质，虽然荒诞不经，却求神似。中国画讲究"似与不似之间"，讲究神似，对我很有启发。中国画论以山水画为最高，并主张不做自然皮相之模仿，而为诗人理想之实现。有的名画看上去似乎不成比例，却能创造意境，传达精神，给人许多画外的东西。绘画和文学是两种艺术，所凭借的手段不同，但也总有相通之处。我是在尝试这样写。

卡夫卡是文学上的一个怪杰。他的《变形记》《城堡》写的是现实中不可能发生的事，可是在精神上是那样准确。他使人惊异原来小说竟然能这样写！把表面现象剥去有时是很必要的，这点给我以启发。写作手法是为内容服务的，怎样写要依内容要求而定。

有的评论说我的两种写法有会合趋势。我主观上不打算会合，而想使之各自发挥，使各自特点更突出。不过我的外观写法有不少浪漫色彩，而用内观写法时，我主张在细节上要注意符合现实。就是说前者也有不似处，后者则特别注意其似处。长远以后也许会会合，以后的事，现在难说。

读小说是件乐事，写小说可是件苦事。不过苦乐也难截然分开。没有人写，读什么呢？下辈子选择职业，我还是要干这一行。下辈子再下辈子，那时可能争夺读者的不只是电影电视，还有新发明的想象不出的什么新奇物品。不过我相信总还是有人爱读小说，也总还是需要有人写小说。

1984年2月底

感谢高鹗

初读《红楼梦》是在清华园乙所。应是在我九岁以前，因为九岁时抗战全面爆发，我们离开了清华园。以后在昆明，在那木香花的芬芳中又多次阅读，但都是断断续续。大概是在上大学时，读了增评补图《红楼梦》，有大某山民和护花主人等评点，那是最初的完整的阅读。五十年代，读到人民文学出版社出版的由何其芳作序的《红楼梦》，这是一次完整的阅读，似乎比较懂了，不过还是在"楼外"行走，不是"痴"也没有"魔"，我甚至没有读过脂批，也弄不清程甲本、程乙本及各种手抄本的复杂性。读小说还是要读小说本身，研究小说是另外一回事，叫作做学问。我对所有的研究者都怀有敬意，他们对《红楼梦》感情深厚，各有贡献。各种研究作为《红楼梦》的辅助读物也很有趣，它们互相启发参照，可以使读的天地更广阔。我只是一个普通读者，有些读后感，便想说出来。

要说的主要是续书问题。近百年来，《红楼梦》后四十回一直是批判对象，说狗尾续貂是很客气的，甚至有人说它把一部伟大的作品毁坏了。全世界都在读这一百二十回《红楼梦》，亿万人为它哭坏了眼睛，高鹗却总在被批判，被否定，被讥讽嘲笑。这个现象很奇怪。续书究竟是好是坏，功过如何，值得探讨。

先说续书的功。首先在于它给了我们一个完整的故事。设想一部《红楼梦》到八十回就没有了，是何等光景？难道会有现在这样的影响吗？我想是不会的。只因有了后四十回，《红楼梦》才成为一部伟大的小说；有了一百二十回，才有了《红楼梦》研究的大平台。我们说全部《红楼梦》的故事是完整的，因为它是忠实地沿着宝黛悲剧的线索发展开来的。《红楼梦》曲中"终身误""枉凝眉"两曲，已把钗黛和宝玉的关系交代得十分清楚。"一个是阆苑仙葩，一个是美玉无瑕。"宝黛是木石姻缘，终成虚话。"空对着，山中高士晶莹雪；终不忘，世外仙姝寂寞林。"宝玉娶了宝钗而不能忘情黛玉，所以宝钗是误了自己终身。木石姻缘与金玉姻缘相对。书中从开始写木石感情节节发展，从来就在金玉威胁之下。"梦兆绛芸轩"一回写宝玉在梦中大喊不要金玉姻缘，只要木石姻缘时，宝钗就坐在床边。宝玉要回归木石本色，却逃不出金玉枷锁。续书给了宝钗坐在宝玉床边的地位，没有弄出四角、五角的多边关系，是十分忠实于雪芹的设计的。紧扣住这一根本设计从不偏离，是续书的最大成功处。应该说这就是雪芹要说的故事。

其次，续书给我们的不只是一个故事梗概，而是有高度艺术感染力的文字。宝玉说："我有一个心早已交给林妹妹了，她来时带了来，好歹装在我的肚子里。"照园中大众看，这是痴话，痴话表现的正是海枯石烂的一种至情。王国维在《红楼梦评论》中引了一段文字，是九十六回宝玉与黛玉最后相见那一节，并评论说"如此之文，此书中随处有之。其动吾人之感情何如，凡稍有审美的嗜好者，无人不经验之也"。九十六回到九十八回，关于黛玉死的描写，都是十分动人的文字。"竹梢风动，月影移墙，好不凄凉冷淡。"这样的描写，我在七八岁时读到，现在已过了七十年，它还是那么新鲜。俞平伯老先生竟说描写黛玉死的一段文字"一味肉麻而已"，林语堂则说俞老先生是"恶人之所好，好人之所恶"。照我看，俞老先生有这样一句话，也就很难让人相信他的俗、浊等等批评了。

黛玉死，二宝成婚，实为全书高潮。紫鹃试宝玉一段，宝玉的痴情已显露无遗，怎能让他接受他人？宝玉病到半昏迷状态，在这种状态中还是念念不忘黛玉，就只有移花接木一法了，这样的写法实在是不得已。不知作者怎样呕心沥血，才成就了这文学上的千古大悲剧。

宝玉的结局，也是让人永不能忘的。白雪中一个穿大红袈裟的僧人，似悲似喜并不言语，然后飘然作歌而去。我想这比做乞丐、采药、卖字都要来得干净。多有人批评宝玉出家前拜别父母是败笔，我却以为这是最近人情处。宝玉虽是封建礼教的逆子，却不是野人。他是大情种，这情不应限于男女之情，亲情也是重要的。拜别父母的描写是合理的，中举人也无不可，算是给父母的一个交代。他这交代是按照父母的标准，而不是按照他自己的标准。只是遗有一子不妥，"终身误"中已言"空对"，宝钗应该只是宝玉名分上的妻子，而且宝玉本是一块石头，何必有子。

书中次要人物的性格发展大都符合前文。最好的是对紫鹃的描写。她没有册子可循，写来不只符合人物性格，而且更突出了这个人物。紫鹃坚守在黛玉临终的病榻旁，不肯趋炎附势，令人于悲痛中感到一点安慰，很好地表现了紫鹃这样一个平凡丫头的可敬人格。儿时所读《红楼梦》版本，附有护花主人评，依稀记得有这样的评语：紫鹃于黛玉，在臣为羁旅，在子为螟蛉，而不渝其忠，其忠则更可贵。近来海选《红楼梦》演员，谈话间不免戏言谁该演谁。一位音乐学院研究生郑重地说："我要演就演紫鹃。"写紫鹃所以写黛玉，黛玉若是一味地尖酸刻薄，耍小性儿，哪里会有这样的侍女。《水浒传》中林冲娘子坚贞不屈，金圣叹批曰："写娘子所以写林冲。"娘子被逼死，益增林冲悲剧之惨烈深刻。

妙玉的命运完全照册子安排，甚至有些呆板。她的断语明书"可怜金玉质，终陷淖泥中"；《红楼梦》曲子"世难容"中又明说她是"到头来，依旧是风尘肮脏违心愿"。妙玉是书中最矫情的人物。续书照着雪芹指出的方向走，却没有写出这矫情人物的丰富性。

最后，续书也反映了当时的社会。如：庄头送东西来，路上车子被官府截去，经人说情才发还，和乌进孝送年货遥遥呼应。若是现代人来编写，肯定写不出这样的情节文字。这些是续书的成功之处。

我曾设想，后四十回也是雪芹所作。后四十回的才气功力等等不及前八十回，也许是因为那时雪芹的精神才气都已用尽。写东西后面不如前面是常见的，何况这样大的长篇。有人指出，林黛玉吃五香大头菜加些麻油醋，简直不像黛玉的生活。我想那时雪芹举家食粥，吃多了咸菜，也可能写进书里。作者的生活很可能影响书中的人物。可是很快我就推翻了这种想法，后四十回为他人所续是显然的，可指出的例证很多。最大的问题是有些人物的结局不符合原意，而那结局在判词中已交代明白。如探春的判词中已说明她如断线的风筝，"千里东风一梦遥"，不会再回故土，续书中却写了回家的一段，还说她出挑得更好了。对她的远嫁描写很简单，也没有回应"日边红杏倚云栽"的签文。年未及笄即能管理偌大家事的探春、给了王善保家的一记响脆巴掌的探春，结局似太草率，应有一段花团锦簇的文字才好。又如香菱的判词中写明"无端两地生枯木，至使芳魂返故乡"，比较清楚地说明了她是受夏金桂虐待致死。香菱是全书第一个出现的薄命司中人，她原名英莲，照谐音讲该是"应怜"，她又姓甄，更是"真应怜"了。也就是说薄命司中的人都是那么可怜。而香菱的容貌又有些像"东府里小蓉奶奶"（秦可卿，警幻之妹）。所以香菱的命应该是薄而又薄，才有代表性，写她被扶正生子不合原意。这都是老生常谈了。这样明显地违反判词，可以证明后四十回为他人所作。从文字上讲，有些篇章固然很好，但是败笔也不少。最大的败笔是宝玉重游太虚幻境：第一次游让人感到扑朔迷离，有仙气，重游的一段就似乎有妖气。宝玉看得清楚，记得清楚，知道各姐妹的命运，岂不像练了气功，有了特异功能，能看见人的五脏六腑一样，多么别扭。又如有几句形容黛玉过生日时的打扮，全是套话。前八十回对人物的描写或浓或淡或粗或细，绝少用套话。"丹凤眼，柳叶眉"本来是极一般的形容，但"一双丹凤三角眼，两片柳叶吊梢眉"就活灵活现地画出一位厉害人物。若要挑毛病，还有许多。也有人揣测高鹗得到雪芹残稿，编辑补缀成书。这也是一种说法。我们可以把精彩片段交还雪芹，平庸文字派给高鹗。不过，补缀整理也是一个大功夫。

其实，前八十回也有不合理处，指出的人很多。近见对小红的谈论，说她在后四十回没有得到发展塑造，成了一个毫不出色的普通丫头。在前八十回，小红出身的安排就不够妥当。小红是大管家林之孝的女儿，在贾府中应属于"干部子弟"。书中写她被秋纹等欺压，不大合理。她可以不必是林之孝的女儿，安排她是个家生女儿即可，更符合现在书中表现出来的她的地位、性格。又如贾赦索要鸳鸯，贾母迁怒于王夫人，书上写迎春、惜春提醒贾母"小婶怎知大伯的事"，照迎、惜的性格不见得会出头管事。电视剧改为探春来说这句话，倒是合适。

现在专门来谈史湘云。对史湘云命运的安排有许多种，有一种是她与宝玉最后结为夫妇，以应"因麒麟伏白首双星"的回目。我想这是最不真实的故事。"白首双星"是一个谜，却是可以解释的。"白首双星"出现在回目中，本来就不够合理，因为它不符合薄命。我想这是在小说的长期写作中应改而没有来得及改的地方。据张爱玲《红楼梦魇》说，早本有个时期写宝玉、湘云同偕白首，后来结局改了，于是第三十一回回目改为"撕扇子公子追欢笑，拾麒麟侍儿论阴阳"（全抄本），但是不惬意，结果还是把原来的一副回目保留了下来。后回添写射圃一节，拾麒麟的预兆指向卫若兰，而忽略了若兰、湘云并未白头到老，仍旧与"白首双星"回目不合。"脂批讳言改写，对早本向不认账，此处并且一再代为掩饰。"这一段话讲了两件事，一是"白首双星"曾被改过，留下是失误；一是卫若兰射圃与金麒麟有关。二者都较可信。

林语堂在《平心论高鹗》一文中戏言，程伟元应悬赏征求两篇文字，一是小红在狱神庙，一是卫若兰射圃，每篇一千美元。（我建议再加一题：探春远嫁。多花一千美元。）有卫若兰射圃一段情节，似已为人接受。一九八七版电视剧《红楼梦》里也安排了这一场面，但剧中人都变了哑巴，想来是台词难写。卫若兰就是湘云的夫婿，就是那才貌仙郎。怎样把卫若兰、金麒麟、史湘云联系起来，倒要动一番脑筋。

《红楼梦》曲子"乐中悲"说湘云"从未将儿女私情略萦心上"，最后"云散高唐，水涸湘江"。若是我们尊重前八十回，应该知道，湘云和宝玉虽然自幼常在一起，早于黛玉，但并无"情"，而宝黛的木石前盟是大书特书的，怎能将湘云顶替黛玉？宝玉的人间知己只有黛玉一人。所以他说"林姑娘说过这些混账话吗？若说过这些混账话，我和她早生分了"。他还对湘云说，"姑娘请别的屋子坐坐吧"。宝玉在清虚观中将一个金麒麟饰物揣起，不过是好玩而已，也使得情节发展摇曳有致。在宝玉心上，湘云和黛玉的分量是不可同日而语的。又"云散高唐"一句指丈夫早死，"水涸湘江"一句指湘云的生命结束。判词也云："富贵又何为，襁褓之间父母违。展眼吊斜晖，湘江水逝楚云飞。"水逝云飞人何在？所以她不见得能活过宝钗。宝玉一娶宝钗已是违了初心，怎能再娶湘云？这样安排，把宝黛间海枯石烂、生死不渝的爱情降为普通的感情了。而书中已经说明木石姻缘是一种前盟，黛死钗嫁、宝玉出家，这是最符合雪芹原意的安排。就这一安排，我们也应该感谢高鹗。

总之，后四十回虽不及前书，但它成就了全书。后书与前书血肉相连，功是根本的、主要的。有人要把后四十回割下来扔进废纸篓，那还有《红楼梦》存在吗？我们可以提出更好的设想，甚至写出精彩的片段，但要写出超过高鹗文稿的《红楼梦》后半部，是不可能的。

我要说一句：感谢高鹗！这是胡适、顾颉刚说过的话，我想也是很多人心里要说而没有说出来的话吧。

全部《红楼梦》深刻表现了人生的悲凉，"乱哄哄，你方唱罢，我登场，反认他乡是故乡"。人总归是要回去的，回到那大荒山青埂峰下。功名利禄，不必挂心，是非功过也只在他人谈笑中。仿宝玉偈，编了几句，以为文尾：

你证我证，心证意证。

各有己证，是为立证。

各无己证，是为大证。

问何所证，红楼一梦。

2005年2月初稿　2006年10月改稿

151

写故事人的故事

——访勃朗特姊妹故居

在英格兰约克郡北部有一个小地方，叫作哈渥斯。一百多年前，谁也没有想到，它会举世闻名。有这么多人不远万里而来，只为了看看坐落在一个小坡顶的那座牧师宅，领略一下这一带旷野的气氛。

从利兹驱车往哈渥斯，沿途起初还是一般英国乡间景色，满眼透着嫩黄的绿。渐渐地，越走越觉得不一般。只见丘陵起伏，绿色渐深，终于变成一种黯淡的陈旧的绿色。那是一种低矮的植物，爬在地上好像难于伸直，几乎覆盖了整个旷野。举目远望，视线常被一座座丘陵隔断。越过丘陵，又是长满绿色棒莽的旷野。天空很低，让灰色的云坠着，似乎很重。早春的冷风不时洒下冻雨，这是典型的英国天气！

车子经过一处废墟，虽是断墙破壁，却还是干干净净，整理得很好。有人说这是《呼啸山庄》中画眉田庄的遗址，有人说是《简·爱》中桑恩费尔德府火灾后的模样，这当然都不必考证。不管它的本来面目究竟如何，这样的废墟，倒是英国的特色之一，走到哪里都能看见，信手拈来便是一个。这一个冷冷地矗立在旷野上，给本来就是去寻访故居的我们，更添了思古之幽情。

到了哈渥斯镇上，在小河边下车，循一条石板路上坡，坡相当陡。路边不时有早春的小花，有一种总是直直地站着，好像插在地上。路旁有古色古香的小店和路灯。快到坡顶时，冷风中的雨忽地变成雪花，飘飘落下。一两个行人撑着伞穿过小街。从坡顶下望，觉得自己已经回到百年前的历史中去了。

转过坡顶的小店，很快便到了勃朗特姊妹故居——当时这一教区的牧师宅。

这座房子是石头造的，样子很平板，上下两层，共八间。一进门就看见勃朗特三姊妹的铜像。艾米莉（1818—1848）在中间，右面是显得幼小的安（1820—1849），左面是仰面侧身的夏洛蒂（1816—1855）。她们的兄弟布兰威尔有绘画才能，曾画过三姊妹像。据一位传记作者说，像中三人，神情各异：夏洛蒂孤独，艾米莉坚强，安温柔。这画现存国家肖像馆，我没有看到过。铜像三人是一样沉静——大概在思索自己要写的故事，眼睛不看来访者。其实她们该看一看的，在她们与世隔绝的一生里，一辈子见的人怕还没有现在一个月多。

三姊妹的父亲帕特里克·勃朗特年轻时全靠自学，进入剑桥大学圣约翰学院，毕业后曾任副牧师、牧师，后到哈渥斯任教区长。他在这里住到他的亲人全都辞世，自己在八十四岁时离开人间。他结婚九年，妻子去世，留下六个孩子，四个长大成人。他们是夏洛蒂、布兰威尔、艾米莉和安。会画画的布兰威尔是唯一的儿子，善于言辞，镇上有人请客，常请他陪着说话。只是经常酗酒，后来还抽上鸦片，三十一岁时去世。

在原来孩子们的房间里，陈列着他们小时的"创作"。连火柴盒大小的本子上也密密麻麻写满了字，墙上也留有"手迹"——据说那时纸很贵。他们从小就在编故事，两个大的编一个安格利亚人的故事，两个小的编一个冈达尔人的故事。艾米莉在《呼啸山庄》之前写的东西几乎都与冈达尔这想象中的国家有关。可惜"手迹"字太小，简直认不出来写的什么。

帕特里克曾对当时的英国女作家、第一部《夏洛蒂·勃朗特传》的作者盖斯凯尔夫人说：孩子们能读和写时，就显示出创造的才能。他们常自编自演一些小戏，戏中常是夏洛蒂心目中的英雄威灵顿公爵最后征服一切。有时为了这位公爵和波拿巴、汉尼拔、恺撒究竟谁的功绩大，也会争论得不可开交，他就得出来仲裁。帕特里克曾问过孩子们几个问题，她们的回答给他印象很深。他问最小的安，她最想要什么。答："年龄和经验。"问艾米莉该怎样对待她的哥哥布兰威尔。答："和他讲道理，要是不听，就用鞭子抽。"又问夏洛蒂最喜欢什么书。答："《圣经》。"其次呢？"大自然的书。"

我想大自然的书也是艾米莉喜爱的，也许是最爱的，位于《圣经》之前。几十年来，我一直不喜欢《呼啸山庄》这本书，以为它感情太强烈，结构较松散。经过几十年人事沧桑，又亲眼见到哈渥斯的自然景色后，回来又读一遍，似乎看出一点它的深厚的悲剧力量。那灰色的云，那暗绿色的田野，她们从小到大就在其间漫游。作者把从周围环境中得到的色彩和故事巧妙地调在一起，极浓重又极匀净，很有些哈代的"威塞克斯故事"的味道，这也许是英国小说的一个特色。这种特色在《简·爱》中也有，不过稍淡些。现在看来，《呼啸山庄》的结构在当时也不同一般。它不是从头到尾叙述，而是从叙述人看到各个人物的动态，逐渐交代出他们之间的关系。过去和现在穿插着，成为分开的一段段，又合成一个整体。

一八三五年，夏洛蒂在伍列女士办的女子学校任教员，艾米莉随去学习。但艾因为想家，不久便离开，由安来接替。艾二十岁时到哈利费克斯任家庭教师，半年后又回家。艾离家最长的时间是和夏一起到布鲁塞尔学习的九个月。她习惯家里隐居式的无拘束的生活，爱在旷野上徘徊，让想象在脑子里生长成熟。她和旷野是一体的，离开家乡使她受不了，甚至生病。但她不是游手好闲的人，她协助女仆料理一家人的饮食。据说她擅长烤面包，烤得又松又软。她常常一面做饭一面看书，《呼啸山庄》总有一部分是在厨房里写的吧。夏洛蒂说她比男子坚强，比孩子单纯；对别人满怀同情，对自己毫不怜惜。她在肺病晚期时还坚持操作自己担当的一份家务。

夏洛蒂最初发现艾米莉写诗，艾很不高兴。她是内向的，本来就是诗人气质。她一八四六年写成《呼啸山庄》，次年出版，距今已一百多年了，读者还是可以感受到这本书中喷射出来的滚沸的热情。她像一座火山，也许不太大。

从她给出版人的信中，我们知道她于一八四八年春在写第二本书，但是没有片纸只字的手稿遗留下来。一位传记作者说，也许她自己毁了，也许夏洛蒂没有保藏好，也许现在还在她们家的哪一个橱柜里。

一八四八年九月布兰威尔去世时，艾米莉已经病了，她拒绝就医服药，于十二月十九日逝世。可是勃朗特家的灾难还没有到头，次年五月，安又去世。安也写过诗，和两个姐姐合出了一本诗集，写过两本小说《艾格尼丝·格雷》和《野岗庄园房客》，俱未流传。她于一八四九年五月二十四日往斯卡勃洛孚疗养，夏洛蒂陪着她，二十八日病逝，就近殡葬。

牧师宅中只有夏洛蒂和老父相依为命了。

陈列展品中有夏洛蒂的衣服和鞋，都很纤小，可以想见她小姑娘般的身材。她们三人写的书，曾被误认为是出于同一个作者。出版人请她们证实自己的身份，夏和安不得已去了伦敦。见到出版人拿出邀请信来时，那位先生问她们从哪儿得来的这信，完全没有想到这两个小女人就是作者。

三人中只有夏洛蒂生前得到作家之名。她活得比弟妹们长，也没有超过四十岁。她在布鲁塞尔黑格学校住过一年多，先学习，后任教。这时她对黑格先生发生了爱情。她爱得深，也爱得苦，这是毫无回报的爱。这也是夏一生中唯一的充满激情的爱，结果是四封给黑格的信，在他的家里保存下来。夏于一八五四年六月和尼科尔斯副牧师结婚。她看重尼科尔斯的爱，对他也感情日深。勃朗特牧师宅中有一个房间原是女仆住的，后改为尼科尔斯的房间。

夏洛蒂于一八五五年三月，和她的五个姊妹一样，死于肺病。

楼上较大的一间房原是勃朗特先生用，现在陈列着三姊妹著作的各种文字译本，主要是《简·爱》和《呼啸山庄》。但是没有中文本。这缺陷很容易弥补。要知道我们中国人读这两本书非今日始，上一代已经在读在译了。我们立刻允诺送几部中译本来陈列。

从窗中望去，可见近处教堂尖顶，据说墓地也不远。勃朗特全家除安以外都葬在那里。因为时间关系，我们不能去凭吊了。离开牧师宅时看见有人在三姊妹像旁拿了一张纸，我也去拿了一张，原来是捐款用的。这里的一切费用都是三姊妹的忠诚读者捐赠的。人生得一知己足矣，有这样多的人爱她们，关心她们的博物馆，真让人高兴——当然不只是为她们。

我们又回到旷野上。风还在吹，雨还在飘，满地深绿色看不出一点摇动，仿佛天在动，而地却停着。车子驶过一座又一座丘陵，路一直伸向天边。这不是简·爱万分痛苦地离开桑恩费尔德的路吗？这不是凯瑟琳·恩肖和希斯克利夫生前和死后漫游的荒野吗？他们的游魂是否还在这里飘荡？勃朗特姊妹在这里永远与她们的人物为伴了。

听说这一带还有勃朗特瀑布、勃朗特桥，一块大石头是勃朗特的座位，连这个县都以勃朗特命名了。人们说夏洛蒂是写云能手，而艾米莉笔下的风雪，也使人不忘。或许还该有勃朗特云和勃朗特风雪吧。

1984年5月上旬

他的心在荒原

——关于托马斯·哈代

在英格兰西南部都彻斯特博物馆中，有一个小房间，参观者只能从窗口往里看。我们因为是中国作家代表团，破例获准入内。

这是托马斯·哈代（1840—1928）的书房，是照他在麦克斯门家中的书房复制的。据说一切摆设都尽量照原样。四壁图书，一张书桌，数张圈椅。圈椅上搭着他的大衣，靠着他的手杖。哈代的像挂在墙上，默默地俯视着自己的书房和

160

不断的来访者。

他在这样一间房间里，就在这张桌上，写出许多小说、诗和一部诗剧。桌上摆着一些文具，还有一个小日历，日历上是三月七日。据说这是哈代第一次见到他夫人的日子，夫人去世以后，哈代把日历又掀到这一天，让这一天永远留着。馆长拿起三支象牙管蘸水笔，说哈代就是用它们写出《林中人》《德伯家的苔丝》和《无名的裘德》。

书架上有他的手稿，有作品，还有很多札记，记下各种材料，厚厚的一册册，装订得很好。据说这一博物馆收藏哈代手稿最为丰富。馆长打开一本，是《卡斯特桥市长》，整齐的小字，涂改不多。我忽然想现在有了打字机，以后的博物馆不必再有收藏原稿的业务，人们也没有看手稿的乐趣了。这手稿中夹有一封信，是哈代写给当时博物馆负责人的。大意说：谢谢你要我的手稿，特送上，只是不一定值得保存。何不收藏威廉·巴恩斯的手稿？那是值得的！这最后的惊叹号给我印象很深。时间过了快一百年，证明了哈代自己的作品是值得的！值得读，值得研究，值得在博物馆特辟一间——也许这还不够，值得我们远涉重洋，来看一看他笔下的威塞克斯、艾登荒原和卡斯特桥。

威廉·巴恩斯是都彻斯特人，是这一带的乡土诗人。

街上有他的立像。哈代很看重他，一九○八年为他编辑出版了一本诗集。哈代自己在某种程度上也可以说是乡土作家，可是他和巴恩斯很不同。巴恩斯"从时代和世界中撤退出来，把自己包裹在不实际的泡沫中"，而哈代的意识"是永远向着时代和世界开放的"。一九一二年哈代自己在威塞克斯小说总序中说："虽然小说中大部分人所处的环境限于泰晤士之北，英吉利海峡之南，从黑令岛到温莎森林是东边的极限，西边则是考尼海岸，我却是想把他们写成典型的，并且在本质上属于任何地方，在那里'思想是生活的奴隶，生活是时间的弄人'。这些人物的心智中，明显的地方性应该是真正的世界性。"哈代把他的具有浓厚地方色彩的十四部长篇小说、四部短篇小说集总称为威塞克斯小说，但是这些小说反映的是社会，是人生，远远不只是反映那一地区的生活。小说总有个环境，环境总是局限的，而真正的好作品，总是超出那环境，感动全世界。

哈代的四大悲剧小说，《还乡》《德伯家的苔丝》《卡斯特桥市长》和《无名的裘德》，就是这样的小说。我在四十年代初读《还乡》时，深为艾登荒原所吸引。后来知道，对自然环境的运用是哈代小说的一大特色，《还乡》便是这一特色的代表作。哈代笔下的荒原是有生命的，它有表情，会嚷会叫，还操纵人物的活动。它是背景，也是角色，而且是贯穿在每个角色中的角色。英国文学鸟瞰一类的选本常选《还乡》开篇的一段描写：

> 天上悬的既是这样灰白的帐幕，地上铺的又是那种最苍郁的灌莽，所以天边上天地交接的线道，划分得清清楚楚……荒原的表面，仅仅由于颜色这一端，就给暮夜增加了半点钟。它能在同样的情形下，使曙色迟延，使正午惨淡；狂风暴雨几乎还没踪影，它就预先现出风暴的阴沉面目了；三更半夜，没有月亮，它更加深那种咫尺难辨的昏暗，到了使人发抖、害怕的程度。

今天看到道塞郡的旷野，已经很少那时一片苍茫、万古如斯的感觉了。英国朋友带我们驱车往荒原上，地下的植物显然不像书中描写的那样郁郁苍苍，和天空也就没有那样触目的对比。想不出哪一个小山头上是游苔莎站过的地方。远望一片绿色，开阔而平淡。哈代在一八九五年写的《还乡》小序中说，他写的是一八四〇年到一八五〇年间的荒原，他写序时荒原已经或耕种或植林，不大像了。我们在一九八四年去，当然变化更大。印象中的荒原气氛浓烈如酒，这酒是愈来愈多地掺了水了。也许因为原来那描写太成功，便总觉得不像。不过我并不遗憾。我们还获准到一个不向外国人开放的高地，一览荒原景色。天上地下只觉得灰蒙蒙的，像里面衬着黯淡，黯淡中又透着宏伟，还显得出这不是个轻松的地方。我毕竟看到有哈代的心在跳动着的艾登荒原了。

我们还到哈代出生地参观。经过一片高大的树林，到一座茅屋。这种英国茅屋很好看，总让人想起童话来。有一位英国女士的博士论文是北京四合院，也该有人研究这种英国茅屋。里面可是很不舒适，屋顶低矮，相当潮湿。这房屋和弥尔顿故居一样，有房客居住，同时负责管理。从出生地又去小村的教堂和墓地——斯丁斯福墓地。哈代的父母和妻子都葬在这里。

葬在这里的还有哈代自己的心。

墓地很小，不像有些墓地那样拥挤。在一棵大树下，三个石棺一样的坟墓并排，中间一个写着"哈代的心葬此"。这也是他第一个妻子的坟墓。

据说哈代生前曾有遗嘱，死后要葬在家乡，但人们认为他应享有葬在西敏寺的荣耀。于是，经过商议，决定把他的心留在荒原。可是他的心有着很不寻常的可怕的遭遇。如果哈代自己知道，可能要为自己的心写出一篇悲愤的、也许是嘲讽的名作来。

没有人能说这究竟是不是真的，但是英国朋友说这是真的——我倒希望不是真的。哈代的遗体运走后，心脏留下来由一个农夫看守。他把它放在窗台上，准备次日下葬。次日一看，心不见了，旁边坐着一只吃得饱饱的猫。

他们只好连猫一起葬了。所以在哈代棺中，有他的心，他的夫人，还有一只猫！我本来是喜欢猫的，听了这个故事以后，很久都不愿看见猫。但是哪怕是通过猫的皮囊，哈代的心是留在荒原上了，和荒原的泥土在一起，散发着荒原的芬芳，滋养着荒原的一切。

关于哈代作品的讨论已是汗牛充栋，尤其是其中悲观主义和宿命论的问题。他的人物受命运小儿拨弄，无论怎样挣扎，也逃不出悲剧的结局。好像曼斯菲尔德晚期作品《苍蝇》中那只苍蝇，一两滴墨水浇下来，就无论怎样扑动翅膀也再飞不出墨水的深潭。哈代笔下的命运有偶然性因素，那似乎是无法抗拒、冥冥中注定的，但人物的主要挫折很明显是来自社会。作者在《德伯家的苔丝》中有一段议论，说："将来人类文明进化到至高无上的那一天，那人类的直觉自然要比现在更敏锐了，社会机构自然要比掀腾颠簸我们的这一种更密切地互相关联着的了。"他也希望有一个少些痛苦的社会。苔丝这美丽纯洁的姑娘迫于生活和环境，一步步做着本不愿意做而又不得不做的事，一次次错过自己的爱情，最后被迫杀人。这样的悲剧不只是控诉不合理的社会，在哈代笔下，还表现了复杂的性格：因为你高尚纯真，所以堕入泥潭。哈代把这一类小说命名为"性格和环境小说"。在性格与环境冲突中（不只有善与恶的冲突，也包括善与善的冲突），人物一步步走向死亡，这正是黑格尔老人揭示的悲剧内容。

我们经过麦克斯门故居，因为不开放，只在院墙外看见里面一栋不小的房屋，那是哈代从一八八三年起自己照料修建的——他出身于建筑师家庭，自己也学过建筑。他于一八八五年迁入，直到逝世。据说现有人住，真不知何人胆敢占据哈代故居！

这次参观的最后一站是有名的悬日坛，这是一望无际的旷野上的大石群。据说是史前两千八百年左右祭祀太阳的庙。一块块约重五十吨的大石，有的竖立，有的斜放，有的平架在别的大石上，像是这里曾有一个宏伟的巨人，现在只剩了骨架。冷风从没遮拦的旷野上四面刮来，在耳边呼呼响，好像不管历史怎样前进，这骨架还在向过去呼唤。

我站在悬日坛边，许久才悟过来这就是苔丝被捕的地方。她在后门中睡着了，安玑要求来人等一下，他们等了。苔丝自己醒了，安静地说："我停当了，走吧！"这些经历了数千年风雨的大石当然知道，在充满原始粗犷气息的旷野上，像苔丝这样下场的人，不止一个。

我的大学毕业论文是以哈代为题的，那是三十五年前的事了。那时我以为哈代的作品并非完全是悲观的，它有希望。举的例子是《苔丝》这书中最后安玑和苔丝的妹妹结合，这表示苔丝的生命的延续，她自己无法达到、无法获得的，她的妹妹可以达到、获得。最近听说很多本科生研究生都以哈代为题做论文，以至关于哈代的参考书全部借完。其中有我的一位青年朋友。他深爱哈代，论文题目是《苔丝》。他以为安玑和丽沙·露的结合是安玑对苔丝的背叛，表明人性不可靠。有些评论也持此观点。我则还是坚持原来看法。哈代自己在《晚期和早期抒情诗集》序中很明确地说过："我独自怀抱着希望。虽然叔本华、哈特曼及其他哲学家，包括我所尊敬的爱因斯坦在内，都对希望抱着轻蔑态度。"他还在日记中说："让每个人以自己的亲身生活经验为基础创造自己的哲学吧。"哈代自己创造的是有希望的哲学。他在作品中对资本主义社会的批判是无情的，但他给人留下的是生活中的希望。

关于悲观、乐观的问题，哈代还说他所写的是他的印象，没有什么信条和论点。他说：这些印象被指控为悲观的——这似乎是个恶谥——很为荒谬。"很明显，有一个更高级的哲学特点，比悲观主义，比社会向善论，甚至比批评家们所持的乐观主义更高，那就是真实。"

能仔细地看清真实需要勇气和本事，看清了还要写出来，需要更大的勇气和本事。哈代因写小说被人攻击得体无完肤，《无名的裘德》还被焚毁示众。有人说他因此晚年改行写诗，也有人说改行是因家庭原因。我以为他一直想写诗，在写小说时，常有诗句在他心中盘旋，想落到他笔下，他便也分给诗一些时间。他也可能以为诗的形式更隐蔽，能说出他要说的话。事实上，他从年轻时就一直断断续续在写诗。

回伦敦后，从访古改为访今了。我却还时常想起都彻斯特小城，星期天商店全关门，非常安静。旅馆外不远处斜坡下的那一幅画面：一座英国茅舍，旁边小桥流水，还有一轮淡黄色的圆月，从树梢照下来。我曾想哈代的铜像应该搬到这里，他在大街上坐着，虽然小城中人不太多，也够吵闹的了。后来得知这茅舍有个名称，是"刽子手宅"，便想幸好哈代生在近代，生前便能知道得葬西敏寺（其实诗人角拥挤不堪，不如斯丁斯福墓地多矣），若在中古，难免会和刽子手打交道。

"如果为了真理而开罪于人，那么宁可开罪于人，也强似埋没真理。"这是哈代在《苔丝》第一版导言中引的圣捷露姆的话。看来即使他有着和刽子手打交道的前途，也还是不会放下他那如椽的大笔的。

哈代出生地展有世界各国译本，但没有来自中华人民共和国的中文译本，回来后便托人带去一本《远离尘嚣》。这篇小文将成时，收到都彻斯特博物馆馆长彼尔斯先生来信，他要我转告我的同行，他们永远盼着有欢迎中国客人的机会。

应该坦白的是，在博物馆中，我把哈代的手杖碰落了两次。也许是不慎，也许是太慎。英国朋友说哈代当然不会在乎，不过我还是要向他和全世界热爱他的读者道歉。

1984年5月下旬

辑五

云在青天水在瓶

一切事物聚到头，终究要散去的，散往各方，犹如天上的白云。

从近视眼到远视眼

经过不到半小时的手术，我从近视眼一变而为远视眼。这是今年六月间的事。

我的眼睛近视由来已久。八九岁时看林译《块肉余生述》，暮色渐浓，还不肯放，现在还记得"大野沉沉如墨"的句子。抗战期间的菜油灯更是培养近视眼的好工具。五十几年，脸上从未脱离眼镜，老来患白内障，眼前更是一片迷茫，戴不戴眼镜也没有什么区别了。"老年花似雾中看"，我以为这也是人必然要经过的"老"的滋味。

可是人太可尊敬了，太伟大了，能够修理自己，让自己重又处在明亮绚丽的世界中。手术后我透过眼罩的缝隙看到地上有许多花纹，还以为眼睛出了毛病，一问才知道病房里的地板本来就有花纹，只是我原来看不见。因为感到明亮，以为房间里换了电灯泡，其实也是自己的眼睛在作怪。取下眼罩时，我先看见横过窗前的树枝，每片叶子是那样清楚，医院门前的一树马缨花，原来由家人介绍过，现在也看到了颜色。近年来我看人都只见一个轮廓，这时眼前的医生有了眉眼，我不由得欢喜地对大夫说："我看见你了。"

本是最亲近的家人，这些年也是模糊的。现在看到老伴的头顶只剩下不多的头发，女儿的脸上已添了几道皱纹。我猛然觉得生活是这样实在，这样暖热，因为我看到了。

病房走廊外面，是那座尼泊尔式的白塔。以前我知道那里有这座塔，家人指着说："看呀，看呀，就在眼前。"我看不见。因为习惯了由别人代看，也不觉得懊恼。这时我特地到窗前去看，原来那塔很近，很大，很白，由蓝天衬着，看上去有几分俏皮，不是中国塔的风格。我在这塔的旁边从近视眼变成远视眼，它应该是我的朋友。

因为高度近视，将白内障取出后，不放人工晶体。结果是两眼各有几百度的远视，成了远视眼。我看不清东西时，习惯地把它拿近，反而更看不清，倒是远处的东西较清楚。虽不能像正常人，我已经很满足了。我们回家，进了西门，经过大片荷塘时，见朵朵红荷正在盛开，花瓣的线条都显得那样精神。露珠在荷叶上滚动，我几乎想走下车去摸一摸。燕南园好几栋房屋换过房顶，我第一次看清一层层的瓦。走进家门，院中的荒草好像在打招呼，说："看看我们，早该收拾了。"我本以为我的住处很整洁，却原来只是一种幻象。现在看到的是有裂纹和水迹的房顶，白粉剥落的墙壁，还有油漆差不多褪尽的地板。而且这里那里的角落，都积有灰尘。

我看着窗外一只灰尾巴喜鹊坐在丁香的一段枯枝上，它飞走了，又一只黑尾巴喜鹊飞来。这两种喜鹊是两个家庭，"文化大革命"前就居住在这里，"文革"时鸟儿也逃难，后来迁回。这几年，鸟丁兴旺，我只听见闹喳喳，这时看得清楚，恍如旧友重逢。它们似乎也在问我："嘿，你怎样了？"

我们素来阴暗的房间增加了亮度，我在镜中看到了自己，我有很长时间没有"自知之明"了。我相信通过爱心而做出的描述，总之是不显老。现在我看清了自己的额前沟壑，眼下丘陵。忽然想到了"不许人间见白头"这句话。看来，近视眼也有好处，让人不知道老态的存在。

我去医院复查，沿路大声念着街旁店铺的招牌："看，

175

这个馆子叫湘菩提。""哦！这儿还有鱼翅宴。"司机很觉莫名其妙。他哪里知道看得见的快乐。

七月六日我们去游览白塔寺，也拜访我的朋友——那座白塔。这天下着小雨，家人说，他们来来去去看见正门是不开的。我们打着伞走过去，却见正门洞开，门不高大，有七七四十九颗门钉在微雨中闪闪发亮。我们走进去，见院中有一个新铸的鼎，为西城区金融界所献，鼎上有一条彩色的龙。这鼎似乎与佛法较远。前面的殿正举行万佛艺术展，因为离得近，我反而看不清每个塑像的姿态面目。正殿供奉据说是三世佛，居中是释迦牟尼不成问题，两旁是阿弥陀佛和药师佛。我有些疑惑，觉得在别处看到的未来佛和过去佛好像不是这两位。我们走到白塔下面，塔身高五十一丈，只能看见底座，又据说转塔一周可以祈福消灾。这时一位游人——我们之外唯一的游客，她对我们说："白塔寺正门从今天起正式开放，今天是阴历五月二十三日，好像和观音菩萨有什么关系。我们是第一批走进第一次开的正门，真是有福气。"我们绕塔一周，在塔后看到四株古老的楸树，不知有多少年了。我想如果世上真有福气，它应该属于驱逐病魔的医生们。他们使人的生命延长，他们使人离开黑暗，其实是他们给了病人福气。作为医学界代表的药师佛怎么能是过去佛呢，他应该属于未来。

医学是科学的一部分。我默默念诵，科学真是了不起！人类真是了不起！有了科学才有各种治疗，有了人的智慧才有科学。人类智慧的一大特点是有想象力，这样才能创造。千万不要扼杀想象力！人类另一个特点是能积累经验，在积累的经验上才能求得进步。不知多少治疗的经验，才捧出一双双明亮的眼睛。经验是最可宝贵的，怎能忘记！

最初的喜悦过去了。因两眼视力不平衡，我看到的世界不很端正，楼房、车辆都有些像卡通。想想也很有趣，是近视眼时，常常要犯错误。作为眼疾患者的日子，更是过得糊里糊涂。成为远视眼，又看不清近处的事。希望能逐渐得到调整，若是能够，也许日子会过得清醒些。

牛顿在他七十岁的时候，人问他得到了什么，他答道："不过在人生的海滩上拾到了一些蚌与螺。"我总觉得这句话很美，美得让我感动。

我已迈过了七十岁。回头一看，我拾到的不过是极小的石粒。如果我有一双较正常的眼睛，又不是那么糊涂，我还会多拾几颗小石粒，虽然它们很平凡，虽然它们终究都是要漏去的。

1999年7月下旬

酒和方便面

　　酒，是艺术。酒使人陶陶然，飘飘然，昏昏然，直至醉卧不醒，完全进入另一种境界。在那种境界中，人们可以暂时解脱人间各种束缚，自由自在；可以忘却营碌奔波和做人的各种烦恼。所以善饮者称酒仙，耽溺于饮者称酒鬼，却没有称酒人的。酒能使人换到仙和鬼的境界，其伟大可谓至矣。而酒味又是那样美，那样奇妙！许多年来，常念及酒的发明者，真是聪明。

　　因为酒的好味道，我喜欢，却不善饮。对酒文化，更无研究，那似乎是一门奢侈的学问。只有人问黄与白孰胜时，能回答喜欢黄的，而不误会谈论的是金银。黄酒需热饮，特具一种东方风格。以前市上有即墨老酒，带点烟尘味儿，很不错。现有的封缸、沉缸，也不错。只是我不能多喝。有人说我可能生来具有那根"别肠"，后因多次手术割断了。

就算存在那"别肠"，饮酒的机会也不多。有几次印象很深，但饮的都不是黄酒。

云南开远杂果酒，色殷红，味香甜。童年在昆明，常在中午大人午睡时，和兄、弟一起偷饮这种酒，蜜水一般，好喝极了。却不料它有后劲，过一会儿便头痛。宁肯头痛，还是偷喝。头痛时三人都去找母亲。母亲发现头痛原因，便将酒瓶藏过了。那时我和弟弟住一房间，窗与哥哥的窗成直角。哥哥在两窗间挂了两根绳子，可拉动一小篮，装上纸条，便成土电话。消息经过土电话而来，格外有趣。三人有话当面不说，偏忍笑回房写纸条。纸条上有各种议论，还有附庸风雅的饮酒诗。如今兄、弟一生离一死别。哥哥远在异城，倒是不时打越洋电话来，声音比本市还清楚。

海淀莲花白，有粉红淡绿两种颜色，味极醇远。在清华读书时，曾和要好的同学在校园中夜饮。酒从燕京东门外常三小馆买来。两人坐在生物馆高台阶上，望着馆前茂盛的灌木丛，丛中流过一条发亮的小溪。不远处是气象台，那时似乎很高。再往西就是圆明园了。莲花白的味道比杂果酒高明多了。我们细品美酒，作上下古今谈，自觉很是浪漫，对自己的浪漫色彩其实比对酒的兴趣大得多。若无那艳丽的酒，则说不上浪漫了。酒助了谈兴，谈话又成为佐酒的佳品。那时的谈话犀利而充满想象，若有录音，现在来听，必然有许多意外之处。这要好的同学现在是美国问题专家。清华诸友近来大都退化做老妪状，只有她还勇往直前，但也绝不饮酒了。

另一次印象深刻的饮酒经验是在一九五九年，当时我下放农村劳动锻炼。一年期满回京时，公社饯行，喝的是高粱酒，白的，清水一般，度数却高。到农村确实增长了见识，很有益处，但若说长期留下改造，怕是谁也不愿意。那时，"不做一阵子，要做一辈子"农民的壮志尚未时兴。饯行宴肯定我们能回京，使人如释重负；何况还带有公社赠送的大红锦旗，写着"上游干将，为民造福"，证明了我们改造的成绩。在高兴中，每人又有这一年不尽相同的经历和感受，喝起酒来，味道复杂多了。

公社干部豪爽热情，轮番敬酒。一般送行的题目喝过，便搬出至高无上的题目来："为毛主席干杯！"大家都奋勇喝下。我则从开始就把酒吐在手绢上，已经换过若干条，难以为继了。到为这题目干过几次杯后，只好逃席。

我们的队伍中醉倒几条好汉，躺在炕上沉沉睡去。公社书记关心地来视察，张罗做醒酒汤。那次饮酒颇有真刀真枪之感，现在想来犹觉豪迈。

酒是有不同喝法的。

据说一位词人有句云："到明朝重携残酒，来寻陌上花钿。"君主见了一笑，说，何必携残酒？提笔改作"到明朝重扶残醉，来寻陌上花钿"，果然清灵多了。这是因为皇帝不在乎残酒，那词人就显出知识分子的寒酸气了。

寒酸的知识分子，免不了操持柴米油盐。先勿论酒，且说吃饭，这真是大题目。有时开不出饭来对付一家老小，便搬出方便面。所以我到处歌颂方便面，认为其发明者的大智慧不下于酒的发明者。后来知道方便面主乃一日籍之华人，已得过日本饮食业的大奖，颇觉安慰。

到我的工作单位去上班时，午餐便是一包方便面。几个人围坐进食，我总要称赞方便面不只方便，而且好吃。"我就爱吃方便面。"我边吃边说。

"那是因为你不常吃。"一位同事笑笑，不客气地说。

我愕然。

此文若在一九八七年底交卷，到这里会得出结论云，人需要方便面，酒则可有可无。再告一番煞风景罪，便可结束了。但拖延至今，便有他望。

一九八八年开始，我们吃了约十天的方便面，才知道无论什锦大虾何等名目的作料，放入面中，其效果都差不多。"因为你不常吃"的话很有道理。常吃的结果是，所需量日渐减少。无怪嫦娥耐不住乌鸦炸酱面，奔往月宫去饮桂花酒了。

人生需要方便面充饥，也需要酒的欣赏。什么时候，我要好好饮一次黄酒。

1988年1月

扔掉名字

宗璞，原名冯锺璞，这是我简历的开场白。原名冯锺璞，就应该行不更名，坐不改姓，怎么又编出一个宗璞来？原因只有一条：我不喜欢"锺"的简体字，它和锺表的"鐘"（这个字总让我想起双铃马蹄表）的简体字变成了一个字。"锺天地之灵秀"和"做一天和尚撞一天鐘"成了一回事，令人不悦。

我曾很反对简体字，比如"潇湘"这两个字，看上去、听起来和引起的联想，都很美。一度曾把它们简化为"肖相"，一切意境都没有了。想想看"潇湘馆"成了"肖相馆"，岂不大煞风景！好在后来那一批简化字没有通行。当然有些过于繁杂的字，简化了确实方便，不过一切都需要规范。

再说"鍾"字。"鍾"字是我们家族的排行，到我这一辈人的名字都有个"鍾"，鍾字辈的堂兄弟姊妹共有三十六人。既然它已变成和尚撞的钟，我无论如何也要换一换。那时写文章要个名字，就想了一个和"鍾"字读音相近的"宗"做笔名。稀里糊涂地写在笔下，戴在头上几十年。但是我有职业，有单位，有身份证，那上面的本名是生长在那里的。若真是文名大到如雷贯耳，妇孺皆知，原名或可留待专家考证，考证出几个名字来也是不足为奇的，一个字多种多样也可以奉为经典。幸而我这辈子也到不了那步田地。在正式场合，笔名是无效的，需要用本名。我则总写繁体字的"鍾"，以示郑重。后来又因常有人误认为我姓宗，便又在宗璞前加了我的本姓。不料名字问题给我带来很多麻烦。首先是"鍾"和"宗"——冯鍾璞和宗璞、冯宗璞，是不是一个人，常常受到质疑，于是设法在户口本上写上曾用名，等等。"鍾""宗"的麻烦，可谓自找，谁叫你编造新名字！以后的事儿，就属于简化字的规范问题了。

"鍾"字和"宗"字的纠缠，差不多平息了，可是
"鍾"字本身麻烦更大。面对事实，我只好承认自己的弱
小，渐渐承认简化，使用"钟"字，但是问题仍不能解决。
我们只承认"钟"，不承认"鍾"；海外只有"鍾"，没有
这个简化了的"钟"。有一位名字中也有"鍾"字的难友诉
苦说，在往邮局、银行办事时，常遇到各种关卡，无非是绕
许多圈子，来证明这两个字是一个字。我们谈起来大有同病
相怜之感。一次台湾某书局编书时收了我的文章，寄来三十
元稿费，可是因为这个"鍾"字缠夹不清，只好弃而不顾。
好在只有三十元，再多一点时，就不能那么慷慨了。

　　名字出了问题，就要弄清。派出所说，这两个字不是
一个字，不能证明你是同一个人；好容易弄清这两个字是同
一个字后，又因是同一个字，不能同时写在户口簿上，也就
不能证明冯"鍾"璞和冯"钟"璞是一个人。因为在一个地
方住得久了，大家采取以人为本的态度，一般都可通融。形
势刚刚好转，偏偏又出现一个偏旁简化的"锺"。字典上没
有这个字，只统一说明，这个偏旁就是金字旁的简化，那么
"锺"就应该等于"鍾"。这看起来很清楚，但办事人员以
高度认真负责的精神，不肯承认这是一个字。若是电脑中也
没有这个字也就罢了，可电脑中又偏偏打出了这个字，要和

185

"鍾""钟"分庭抗礼，真是教人怎能不头晕！

几经周折，几个字仍未得到统一，我这个人也好像分成好几个了。哭笑不得之余，我想给自己改一个名字，叫作冯——，（挺可爱的，不是吗？）这好像没有什么出错的机会了。可是不行，有人一见便说：这不是破折号吗？建议干脆叫作冯一好了。又马上得知，改名字的手续极为烦琐，要两个邻居证明、单位证明、街道证明、派出所证明，等等。这信息可能是胡诌，很不可靠。但不管怎样，名字肯定是改不了的。

我想最好的办法就是把名字里那无理取闹的"钟"，连同它的上家和下家，远远地扔进那春秋不变、水旱不知的大海，做一个"无名"之辈。我自己则御风而行，飘然会同了北海若，转往藐姑射之山，大谈一通相对主义。

2004年12月31日

告别阅读

二〇〇〇年，正逢阴历龙年。春节前，看到各种颜色鲜艳、印刷精美的贺卡，写着千禧龙年，街上挂着红灯，摆着花篮，真觉得辉煌无比。

龙年是我的本命年，还未进入龙年，便有人说，你要准备一条红腰带。我笑笑说，才不信那些呢。临近兔年除夕，我站在窗前，突然眼前一黑，左眼中仿佛遮上了一层黑纱帘，它是我依靠的那只眼睛，右眼早已不大能用。现在一切都变得朦胧，这是怎么了？我很奇怪。自从去年夏天，做过白内障手术后，我已经习惯了过明白日子，而且以为再不会糊涂，现在的情况显然是眼睛又出了问题。因为就要过节，只好等到春节后再去就医。

龙年的第一件大事便是去医院。诊断是我没有想到的：视网膜脱落。医生说只要做一个小手术，打气泡到眼睛里，即可复位。我便听医生的话住院，做手术。手术后真有两周令人兴奋的时光，眼前的纱帘没有了，一切和以前差不多，头脑似乎还更清楚些。

不料十几天后，气泡消尽，再加上我患喘息性支气管炎，咳嗽得山摇地动。二月二十七日，视网膜再次脱落。

我只有再次求医，医生还是说要打气泡。我想这次脱落的范围大了，气泡是否顶得住。经过劝说，还是做了打气泡的决定。

当时我认为咳嗽是大敌，特住进医院求保护，果然咳嗽是躲过了，但仍然没有躲过网脱。

三月二十日，气泡快消尽时，视网膜第三次脱落。气泡果然不能完成任务。我清楚地看见，视网膜挂在眼前，不再是黑纱，而像是布片。夜晚，我久不能寐，依稀看见窗下的月光。月光淡淡的，我很想去抚摸它，我怕自己再也不能感受光亮。查夜的护士问，为什么不睡？有什么不舒服？我只能说，我很不幸。

第三次手术，是把硅油打在眼睛里，是眼科的大手术。手术确定了，可是没有床位。一天天过去了，可以清楚地感觉到网脱的范围越来越大，后来，无论怎样睁大眼睛，眼前还是一片黑暗，无边无涯，没有人能帮助我解脱。忽然，我仿佛看见了我的父亲，他也睁大了他那视而不见的眼睛，手拈银须，面带微笑，安详地口授巨著。晚年的父亲是准盲人，可是他从未停止工作。以后父亲多次出现在黑暗中，像是在指点我，应该怎样面对灾祸。

终于熬到了住进医院，熬到了做手术的这天。上手术台前的诊断是，视网膜全脱。

在手术室里还和麻醉师有一番争论。麻醉师很年轻，很认真负责。她见我头晕，十分艰难地躺上手术台，便不肯用原定的麻醉计划，说："你这是要眼睛不要命。要我麻醉最好再签一回字。"经主刀医生解释，已经过各科会诊，麻醉师最后同意用局麻进行手术。她怕我出问题，给麻药很吝啬。于是我向关云长学习，进行了一次刮骨疗毒。麻醉师也是有道理的，疼是小事，命是大事。手术安排得不恰当，时间的延误，我都没有什么好抱怨的，我只怪一个人，那就是上帝。他老人家造人造得太不完美了，好好的器官，怎么要擅离职守掉下来，而且还顽固地不肯复位。头在颈上，手在臂上，脚在腿上，谁曾见它们掉下来过？怎么视网膜这样特别？

其实，我自己也知道这不过是几句气话。网脱是一种病，高度近视是起因。我再一次被病魔擒获。

手术顺利，离战胜病魔还很远。接下来的是长期俯卧位——趴着。人是站立的动物，怎么能趴着呢？为了眼睛也渐渐习惯了。据说手术成功与否和是否认真趴着很有关系。硅油的作用是帮着视网膜重新长好。三个月到半年后，再做一次手术将油取出。油取出后常有视网膜重新脱落的病例。我真奇怪科学发展这样迅速，怎么对网脱的治疗没有完善的办法。用油或气顶住，气消失油取出后，重脱的可能性极大，也只能到时候再说了。希望我这是杞人忧天。

手术后，重又感觉到光亮。视力已经很可怜，但是能感觉光亮。光亮和黑暗是两个世界，就像阳间和阴间一样。我又回到了阳间，摆脱了黑暗，我很满足。回到家中，我在房间里走来走去，还可以指出窗帘该换，猫该洗了。丁香早已开过，草玉兰还剩几朵，我赶上了蔷薇花，有人家的蔷薇一直爬到楼上，几百朵同时开放，我看不清楚花朵，但能感受到那是一大幅鲜艳的图画。

但是我不再能阅读。

对于从小躲在被子里看小说的我来说，不能阅读真是残酷的事。文字给了我多么丰富、多么美妙的世界，小小的方块字，把社会和历史都摆在了面前。我曾长时期因患白内障不能阅读，但那时总怀有希望，总以为将来还是能看书的。午夜梦回，开出一长串书单，我要读丘吉尔的文章，感受他的文采，《维摩诘所说经》、苏曼殊文都想再读。白内障手术后，这些都未做到，但是希望并未灭绝。视网膜的叛变，扑灭了读书的希望，我不再能享受文字的世界，也不再能从随时随地磕头碰脑的书中汲取营养。我觉得自己好像孤零零地悬在空中，少了许多联系，变得迟钝了，干瘪了，奇怪的是我没有一点烦躁。既然我在健康上是这样贫穷，就只能安心地过一种清贫的生活。我的箪食瓢饮就是报刊上的大字标题，或书籍封面上的名字，我只有谨慎地保护维持目前的视力，不要变成盲人。

我的父亲晚年成为准盲人，但思想仍是那样丰富，因为他有储存，可以"反刍"。这一点我是做不到的。听人读书也是一乐，但和阅读毕竟是不一样的。幸好我还有一位真正可听的朋友，那就是音乐。

文学和音乐，伴随着我的一生。可以说，文学是已完嫁娶的终身伴侣，音乐是永不变心的情人（如果世界上有这种东西的话）。文学是土地，是粮食；音乐是泉水，是盐。文学的土地是我耕耘的，它是这样无比宽广，容纳万物。音乐的泉水流动着，洗涤着听者的灵魂，帮助我耕耘。

我又站在窗前，想起父亲在不能读写时，写出的那部大书，模糊中似乎看见老人坐在轮椅上，指一指院中的几朵蔷薇，粉红色的花瓣有些透亮。忽然间，"桃色的云"出现在花架边，他是盲诗人爱罗先珂笔下的精灵——春的侍者。我揉揉眼睛，"桃色的云"那翩翩美少年，手持蔷薇花，正含笑站在那里。

我不能读书，可是我可以写书。也许，我不读别人的书，更能写好自己的书。

我用大话安慰自己，平心静气地告别阅读。

2000年

从"粥疗"说起

　　我从小多病，以这多病之身居然维持过了花甲，而且还在继续维持下去，也算不简单。六十年代后期，随着"文化大革命"这场大灾难，我也得了一场重病。年代久了，记忆便淡漠，似乎已和旁人平等了。可能是为了提醒吧，前年底，经历了父丧之痛之后，又是一次重病，成了遐迩闻名的大病号。

　　病中得到广泛而深厚的关心，让我有点飘飘然。有时卧床而"飘"，飘着飘着，想起二十多年前，我的夫弟——俗

193

称"小叔子"的，他们只有兄弟二人，不必说明第几位——从上海寄了一本《粥疗法》，是本薄薄的旧书，好像还是古籍出版社一类的地方出版的。书中极称粥食之妙，还介绍了许多食粥之法。有的很普通，如山药粥、百合粥、莲子粥等，不必查书，我也曾奉食老父。有用肉类制作的，就比较复杂。无论繁简，都注明各有所治，"粥效"可谓大焉。不过此书的命运同我家多数小册子一样，在乃兄的管理下，不久就不见踪影，又是"只在此山中，云深不知处"了。

后来又听朋友说，还有一种书，题名为《一百种粥》，所记粥事甚详。可见"粥"在出版界颇不寂寞。

病中不能出门，只在房中行走。体力恢复到能东翻西翻时，偶见陆游有一首食粥诗："世人个个学长年，不悟长年在目前。我得宛丘平易法，只将食粥致神仙。"再一研究，写《宛丘集》的张耒，更有一篇《粥记》，文字不长，兹录如下：

张安定每晨起食粥一大碗，空腹胃虚，谷气便所补不细，又极柔腻，与肠腑相得，最为饮食之良妙。齐和尚说，山中僧每将旦一粥，甚是厉

194

害，如或不食，则终日觉脏腑燥渴，盖能畅胃气，生津液也。今劝人每日食粥以为养生之道，必大笑。大抵养性命求安乐亦无深远难知之事，正在寝食之间耳。

这位张耒是自称"吾苏学士徒也"的，如此再作推理，原来东坡也嗜粥。他说：

夜饥甚，吴子野劝食白粥，云能推陈出新，利膈益胃。粥既快美，粥后一觉，妙不可言。

看来宋代便有不少大名士深知粥理。想想我曾那样不重视粥疗，不觉自叹所知太少。

南方人似乎喜吃泡饭胜于粥。幼时在昆明，一度住在梅家，曾和小弟还有从小到大的友伴和同窗梅祖芬三人一起偷吃剩饭。那天的饭是用云南特产的一种香稻做的，用开水泡一下，还有什么人送来自制的腐乳，我们每人都吃了两三碗，直吃到再也咽不下，终于胃痛得起不了床。梅伯母不知缘故，见三人一起不适，甚感惊慌。好在服用酵母片后，个个痊愈。梅伯母现已年近百岁，对于一起胃痛的奥妙，还是不甚了然。当时若吃的不是泡饭而是粥，谅不至于胃痛。

一九五九年下放在桑干河畔，那里习惯用玉米碴子煮干饭，称为"格仁粥"，煮成稀饭，则称"格仁稀粥"。我印象中稀粥比名为粥的干饭容易下咽多了。房东大娘把炒过的玉米、小米和豆类碾碎，煮成粥状，也笼统称为粥。下放回来后，大娘还托人带来一小口袋这种粥的原料，试者无不说好。但若吃久了，这些粥都比不上白米粥。只是大米在北方农村不多，米粥也就难得了。

有一阵子以为广东粥很好。记得那年夜游洛杉矶，午夜到一小吃店吃鱼片粥，只那端上来时的热气腾腾便赶走一半夜寒。碗中隐约现出嫩绿的葱花，浅黄的花生碎粒，略一搅动，翻起雪白的鱼片，喝下去不只暖适而且美味。回来每每念及"广东粥"，或外购或内制，总到不了那个水平。这也许和当时的身体情况以及环境有关。

陆游还有一首诗云："粥香可爱贫方觉，睡味无穷老始知。要识放翁真受用，大冠长剑只成痴。"食粥的根本道理在于自甘淡泊。淡泊才能养生，身体上精神上都一样。所以鱼呀肉的花样粥，总不如白米粥为好。白米粥必须用好米，籼米绝熬不出那香味来。而且必须黏润适度，过稠过稀都不行，还要有适当的小菜佐粥。小菜因人而异，贾母点的是炸野鸡块子，"咸浸浸的好下稀饭"。我则以为用少加香油白糖的桂林腐乳，或以落花生去壳衣，蘸好酱油和粥而食，天下至味。

不知当初东坡食白粥，用的什么小菜。

1992年元月初

云在青天

二〇一二年九月九日，我离开了北京大学燕南园，迁往北京郊区。我在燕南园居住了六十年。六十年真的很长，我从满头黑发的青年人变成发苍苍而视茫茫的老妪。可是回想起来也只是一转眼的工夫。六十年中的三十八年，我有父母可依。还有二十二年，是我自己的日子。在这里，在燕南园，我送走了母亲（一九七七年）和父亲（一九九〇年），也送走了夫君蔡仲德（二〇〇四年）。最后八年，陪伴着我的是花草树木。

九月间玉簪花正在怒放，小院里两行晶莹的白。满院里都飘浮着香气。我们把玉簪花称为五十七号的院花，花开时我总要摘几朵养在瓶里，便是满屋的香气。我还想挖几棵带到新居，但又想，今年天气已渐冷，不是移植的时候了。它们在甬路边静静地看着我离开，那香气随着我走了很远。

　　院里的三棵松树现在只剩两棵，其中一棵还是后来补种的。原有的一棵总是那么的枝繁叶茂，一层层枝干遮住屋檐的一角，我常觉得它保护着我们。这几年，只要我能走动，便在它周围走几步，抱一抱它。现在，我在它身边的时间越来越短，因为已不能久站。我离开的时候，特意走到它身旁拥抱它，向它告别。如果它开口讲话，我也不会奇怪。

　　北京大学哲学系主任王博和几位朋友来送我，我把房屋的钥匙交给王博。是他最早提出建立故居的想法。我再来时将是一个参观者。我看了一眼门前的竹子，摸了一下院门两旁小石狮子的头，上了车，向车窗外无目标地招手。

　　车开了，我没有回头。

　　决定搬家以后，我尽量找机会再去亲近一下燕南园，最主要的当然是未名湖。湖北端的那条石鱼还在，在它的鳍背上缠绕着我儿时的梦。九岁那年，抗日战争爆发，我曾在燕南园暂住，常来湖边玩耍，看望这条石鱼。七十多年过去了，我长大了，它还依旧。

现在湖北侧的四扇屏一带有几株蜡梅，不过我很少看见它的花，以后也不会看见了。从这里向湖上望去，湖光塔影尽收眼底，对岸的花神庙和石桥也是绝妙的点缀。从几座红楼前向湖边走去时，先看见的是湖边低垂的杨柳和它后面明亮的水光。不由得想到"杨柳依依"这四个字。它柔软的枝条是这样婉转妩媚，真好像缠绕着无限的惜别之情。那"依依"两个字，真亏古人怎么想得出来！每次到这里，我总要让车子停住，看一会儿。

在燕园流连的时候，我总在想一件事，在我离开家的时候，正确地说是离开那座庭院的时候，我会不会哭？

车子驶出了燕南园，我没有回头，也没有哭。

有人奇怪，我怎么还会有搬家的兴致。也有朋友关心地一再劝我，说老年人不适合搬家。但这不是我能够考虑的问题。因为"三松堂"有它自己的道路。一九五二年院系调整，冯友兰先生从清华园乙所迁到北大燕南园五十四号。一九五七年开始住在五十七号。他在这里写出了他最后一部巨著《中国哲学史新编》。他在自传的序言中有几句话："三松堂者，北京大学燕南园之一眷属宿舍也，余家寓此凡三十年矣。十年动乱殆将逐出，幸而得免。庭中有三松，抚而盘桓，较渊明犹多其二焉。"这是"三松堂"的得名由来。北京大学已经决定将"三松堂"建成冯友兰故居，以纪念这一段历史，并留下一个完整的古迹。这是十分恰当的，也是我求之不得的。我必须搬家，离开我住了六十年的地方。

搬家就需要整理东西，我眼看着凌乱的弃物，忽然觉得我很幸运，我在生前看到了死后的情景。"三松堂"内的书籍我已先后做了多次捐赠。父亲在世时，便将一套《百衲本二十四史》赠给家乡唐河县图书馆。父亲去世后，两三年间，我将藏书的大部分，包括《丛书集成》和《四部丛刊》等分批赠给清华大学思想文化研究所，他们设立了冯友兰文库，后转归历史系，两个大房间装满了一排排的书，能在里面徜徉必是一件乐事。现在做最后的清理，将父亲著作的各种版本和其他的书一千余册赠清华大学图书馆。我曾勉力翻检这批书，有些是我从未见过的，书名也没听说过。如有一本《佛国碧缘击节》，很大的一本书，装帧极好。我很想看一看内容，可是只能用手摸摸。清华大学图书馆很快建立了一间冯友兰纪念室，陈设这些书籍。河南南阳卧龙区档案馆行动较早，几年前便要去了书房、卧室的主要家具。唐河县冯友兰纪念馆建成后，我也赠予了少量家具和衣物等。还有父亲在世时为唐河县美学学会写的一幅字，可能这个组织后来没有成立，这幅字就留在家里。现在正好作为唐河县纪念馆的镇馆之宝。韩国檀国大学有教师在北大学习，知道要建冯友兰故居，就来联系，便也赠给他们几件什物和书籍。他们要在学校中辟出房间，专门摆放，以纪念冯友兰先生。

最主要的东西仍留在"三松堂"，包括照片、各种文稿（含少量手稿）、信件、字画、生活用品、摆件及书籍和家具，还有父亲写的几帧条幅。这里的东西有的并不止限于六十年，几个书柜是从上世纪三十年代便在清华园乙所摆放过的。多年不曾开过的抽屉里，有一沓信封，上印"昆明国立西南联合大学冯缄"，是父亲没有用完的信封。一个旧式的极朴素的座钟，每半小时敲打一次，夜里也负责任地报时。父亲不以为扰，如果哪天不响，反而会觉得少了什么。院中的石磨是母亲用来磨豆浆的，三年困难时期母亲想改善我们的生活，不知从哪里得来这个石磨，但实际没有磨出多少豆浆。这些东西，般般件件都有一个小故事。将来建成后的冯友兰故居，有他的内容在，有他的灵魂在。

我们还发现了一份完整的手稿《新理学答问》。纸已经变黄变脆，字迹却还可以看清。我决定将它送给国家图书馆。在那里已经有了《新世训》《新原人》的手稿，让它们一起迎接未来。

东西是一件一件陆续积累的，散去也不容易，我一批一批安排它们的去处。到现在已近一年，可以说才进入尾声。在这段时间里，一切都进行得很自然，我没有一点感伤。一切事物聚到头，终究要散去的，散往各方，犹如天上的白云。

最有影响的是冯友兰的著作。近来，许多报刊都刊载了韩国总统朴槿惠的话，她说，在她处于生命的最低谷时，是中国哲学家冯友兰的《中国哲学史》像灯塔一样照亮了她的生活。西南联大校友吴大昌写信来，说他看到了二〇一二年出版的一本书——《冯友兰论人生》，其中一篇文章《论悲观》是为他写的。一九三九年在昆明，他向冯先生请教人生问题，冯先生为回答他的问题写了这篇文章，他得到了帮助。他说："我是一个受益的学生。我钦佩他的博学深思，也感谢他热心助人。"这都是中国哲学的力量。学中国哲学是一种受用。近年来，有一百多家出版社出版了冯友兰的著作。海外关于冯著的出版也从未断绝。《中国哲学简史》一九四八年问世以来，一直行销不衰。"贞元六书"中的《新原道》于一九四六年经英国人Hughs译成英文，名为《中国哲学之精神》在伦敦出版。我一直以为这本书没有能够再版。最近得到消息，这本书在这几十年间，一直有英、美数家出版社出版，隔几年便出一次，最近的一次在二〇〇五年。我非常惊异这本书的生命力，和冯著其他书一样，"文章自有命，不仗史笔垂"，它们勇敢地活着，把力量传播到四方，如同云在青天。

在这个世界上有很多不公道，但还是善良的人居多。对那些关心我、帮助我的人，我永远怀着感激之情。有些帮助是需要勇气的。从这里我看到人的高贵，一些小事也是历历在目。就燕园而言，北大校方对我时有照顾。还有那些不知名的人。地震期间，来帮助搭地震棚的学生和教师，他们走过这里便来帮忙。一次修房，需要把东西搬开，有一个班的学生来义务劳动，很是辛苦。就在我离开燕园的前几天，有人在信箱里放了一张复印件，那是一篇关于父亲的文章，《1948—1949冯友兰再长清华》，放的人大概怕我没有看到。一切的好意我都知晓、领受，不能忘记。

一次从外面回来，下车时，一位中年人过来搀扶，原来是一位参观者。还有一位参观者从四川来，很想向冯先生的照片礼拜一番。当时我的原则是，室内不开放，只能在园内参观。不料，这位先生在甬路上下跪，恭敬地三叩首，然后离去。一位北大校友来信说，他在学校五年，没有到过燕南园。现在要回学校来，目的之一是看看"三松堂"。隔些时日就有人来看望"三松堂"，多年来一直是这样。这里仿佛有一个气场，在屋内的房间里，也在屋外的松竹间，充满着"蜡炬成灰泪始干"的执着和对文化的敬重，还有对生活的宽容和谅解。现在，这里将建为冯友兰故居，可以得到大家的亲近。希望这里能继续为来者提供少许的明白和润泽。

我离开了。我没有回头，也没有哭。

2013年2月

辑六
向着生满野百合花的尽头

人在生活的道路上落到了谷底，
无可再落，就有了上升的希望。

紫藤萝瀑布

我不由得停住了脚步。

从未见过开得这样盛的藤萝，只见一片辉煌的淡紫色，像一条瀑布，从空中垂下，不见其发端，也不见其终极，只是深深浅浅的紫，仿佛在流动，在欢笑，在不停地生长。紫色的大条幅上，泛着点点银光，就像迸溅的水花。仔细看时，才知那是每一朵紫花中最浅淡的部分，在和阳光互相挑逗。

这里春红已谢，没有赏花的人群，也没有蜂围蝶阵。有的就是这一树闪光的、盛开的藤萝。花朵儿一串挨着一串，一朵接着一朵，彼此推着挤着，好不活泼热闹！

"我在开花！"它们在笑。

"我在开花！"它们嚷嚷。

每一穗花都是上面的盛开、下面的待放。颜色便上浅下深，好像那紫色沉淀下来了，沉淀在最嫩最小的花苞里。每一朵盛开的花像是一个张满了的小小的帆，帆下带着尖底的船，船舱鼓鼓的；又像一个忍俊不禁的笑容，就要绽开似的。那里装的是什么仙露琼浆？我凑上去，想摘一朵。

但是我没有摘。我没有摘花的习惯。我只是伫立凝望，觉得这一条紫藤萝瀑布不只在我眼前，也在我心上缓缓流过。流着流着，它带走了这些时日一直压在我心上的关于生死的疑惑，关于疾病的痛楚。我浸在这繁密的花朵的光辉中，别的一切暂时都不存在，有的只是精神的宁静和生的喜悦。

这里除了光彩，还有淡淡的芳香，香气似乎也是浅紫色的，梦幻一般轻轻地笼罩着我。忽然记起十多年前家门外也曾有过一大株紫藤萝，它依傍着一株枯槐，爬得很高，但花朵从来都稀落，东一穗西一串伶仃地挂在树梢，好像在察言观色，试探什么，后来索性连那稀零的花串也没有了。园中别的紫藤花架也都被拆掉，改种了果树。那时的说法是，花和生活腐化有什么必然关系。我曾遗憾地想：这里再看不见藤萝花了。

过了这么多年，藤萝又开花了，而且开得这样盛，这样密，紫色的瀑布遮住了粗壮的盘虬卧龙般的枝干，不断地流着，流着，流向人的心底。

花和人都会遇到各种各样的不幸，但是生命的长河是无止境的。我抚摸了一下那小小的紫色的花舱，那里满装生命的酒酿，它张满了帆，在这闪光的花的河流上航行。它是万花中的一朵，也正是由每一个一朵，组成了万花灿烂的流动的瀑布。

在这浅紫色的光辉和浅紫色的芳香中，我不觉加快了脚步。

1982年5月6日

好一朵木槿花

又是一年秋来，洁白的玉簪花挟着凉意，先透出冰雪的消息。美人蕉也在这时开放了，红的黄的花，耸立在阔大的绿叶上，一点不在乎秋的肃杀。以前我有"美人蕉不美"的说法，现在很想收回。接下来该是紫薇和木槿。在我家这以草为主的小园中，它们是外来户。偶然得来的枝条，偶然插入土中，它们就偶然地生长起来。紫薇似娇气些，始终未见花。木槿则已两度花发了。

木槿以前给我的印象是平庸。"文革"中许多花木惨遭摧残，它却得全性命，陪伴着显赫一时的文冠果，免得那钦定植物太孤单。据说原因是它的花可食用，大概总比草根树皮好些吧。学生浴室边的路上，两行树挺立着，花开有紫、红、白等色，我从未仔细看过。

近两年木槿在这小园中两度花发，不同凡响。

前年秋至，我家刚从死别的悲痛中缓过气来不久，又面临了少年人的生之困惑。我们不知道下一分钟会发生什么事，陷入极端惶恐中。我在坐立不安时，只好到草园踱步。那时园中荒草没膝，除了我们的基本队伍亲爱的玉簪花外，只有两树忍冬，结了小红果子，玛瑙扣子似的，一簇簇挂着。我没有指望还能看见别的什么颜色。

忽然在绿草间，闪出一点紫色，亮亮的，轻轻的，在眼前转了几转。我忙拨开草丛走过去，见一朵紫色的花缀在不高的绿枝上。

这是木槿。木槿开花了，而且是紫色的。

木槿花的三种颜色，以紫色最好。那红色极不正，好像颜料没有调好；白色的花，有老伙伴玉簪已经够了。最愿见到的是紫色的，好和早春的二月兰、初夏的藤萝相呼应，让紫色的幻想充满在小园中，让风吹走悲伤，让梦留着。

惊喜之余，我小心地除去它周围的杂草，做出一个浅坑，浇上水。水很快渗下去了。一阵风过，草面漾出绿色的波浪，薄如蝉翼的娇嫩的紫花在一片绿波中歪着头，带点调皮，却丝毫不知道自己显得很奇特。

去年，月圆过四五次后，几经洗劫的小园又一次遭受磨难。园旁小兴土木，盖一座大有用途的小楼。泥土、砖块、钢筋、木条全堆在园里，像是凌乱地长出一座座小山，把植物全压在底下。我已习惯了这类景象，知道毁去了以后，总会有新的开始，尽管等的时间会很长。

没想到秋来时，一次走在这崎岖山路上，忽见土山一侧，透过砖块钢筋伸出几条绿枝，绿枝上，一朵紫色的花正在颤颤地开放！

我的心也震颤起来，一种悲壮的感觉攫住了我。土埋大半截了，还开花！

土埋大半截了，还开花！

我跨过障碍，走近去看这朵从重压下挣扎出来的花。仍是娇嫩的薄如蝉翼的花瓣，略有皱褶，似乎在花蒂处有一根带子束住，却又舒展自得，它不觉环境的艰难，更不觉自己的奇特。

忽然觉得这是一朵童话中的花，拿着它，任何愿望都会实现，因为持有的是面对一切苦难的勇气。

紫色的流光抛洒开来，笼罩了凌乱的工地。那朵花冉冉升起，倚着明亮的紫霞，微笑地俯看着我。

今年果然又有一个开始。小园经过整治，不再以草为主，所以有了对美人蕉的新认识。那株木槿高了许多，枝繁叶茂，但是重阳已届，仍不见花。

我常在它身旁徘徊，期待着震撼了我的那朵花。

它不再来。

即使再有花开，也不是去年的那一朵了。也许需要纪念碑，纪念那逝去了的，昔日的悲壮？

1988年重阳

丁香结

今年的丁香花似乎开得格外茂盛，城里城外，都是一样。城里街旁，尘土纷嚣之间，忽然呈出两片雪白，顿使人眼前一亮，再仔细看，才知是两行丁香花。有的宅院里探出半树银装，星星般的小花缀满枝头，从墙上窥着行人，惹得人走过了，还要回头望。

城外校园里丁香更多。最好的是图书馆北面的丁香三角地，种有十数棵白丁香和紫丁香。月光下，白的潇洒，紫的朦胧，还有淡淡的幽雅的甜香，非桂非兰，在夜色中也能让人分辨出，这是丁香。

在我断续住了近三十年的斗室外，有三棵白丁香。每到春来，伏案时抬头便看见檐前积雪。雪色映进窗来，香气直透毫端。人也似乎轻灵得多，不那么混浊笨拙了。从外面回来时，最先映入眼帘的，也是那一片莹白，白下面透出参差的绿，然后才见那两扇红窗。我经历过的春光，几乎都是和这几树丁香联系在一起的。那十字小白花，那样小，却不显得单薄。许多小花形成一簇，许多簇花开满一树，遮掩着我的窗，照耀着我的文思和梦想。

古人诗云："芭蕉不展丁香结"，"丁香空结雨中愁"。在细雨迷蒙中，着了水滴的丁香格外妩媚。花墙边两株紫色的，如同印象派的画，线条模糊了，直向窗前的莹白渗过来。让人觉得，丁香确实该和微雨连在一起。

只是赏过这么多年的丁香，却一直不解，何以古人发明了丁香结的说法。今年一次春雨，久立窗前，望着斜伸过来的丁香枝条上的一柄花蕾。小小的花苞圆圆的，鼓鼓的，恰如衣襟上的盘花扣。我才恍然，果然是丁香结！

丁香结，这三个字给人许多想象。再联想到那些诗句，真觉得它们负担着解不开的愁怨了。每个人一辈子都有许多不顺心的事，一件完了一件又来。所以丁香结年年都有。

结，是解不完的，人生中的问题也是解不完的，不然，岂不是太平淡无味了吗？

小文成后一直搁置，转眼春光已逝。要看满城丁香，须待来年了。来年又有新的结待人去解——谁知道是否解得开呢？

1985年清明——冬至

萤火

点点银白的、灵动的光，在草丛中飘浮。草丛中有各色的野花：黄的野菊，浅紫的二月兰，淡蓝的"勿忘我"。还有一种高茎的白花，每一朵都由许多极小的花朵组成，简直看不清花瓣。它的名字恰和"勿忘我"相反，据说是叫作"不要记得我"，或可译作"勿念我"吧。在迷茫的夜中，一切彩色都失去了，有的只是黑黝黝一片。亮光飘忽地穿来穿去，一个亮点儿熄灭了，又有一个飞了过来。

若在淡淡的月光下，草丛中就会闪出一道明净的溪水，潺潺地、不慌不忙地流着。溪上有两块石板搭成的极古拙的小桥，小桥流水不远处的人家，便是我儿时的居处了。记得萤火虫很少飞近我们的家，只在溪上草间，把亮点儿投向反射出微光的水，水中便也闪动着小小的亮点，牵动着两岸草莽的倒影。现在看到童话片中要开始幻景时闪动的光芒，总会想起那条溪水，那片草丛，那散发着夏夜的芳香，飞翔着萤火虫的一小块地方。

幼小的我，经常在那一带玩耍。小桥那边，有一个土坡，也算是山吧。小路上了山，不见了。晚间站在溪畔，总觉得山那边是极遥远的地方，隐约在树丛中的女生宿舍楼，也是虚无缥缈的。其实白天常和游伴跑过去玩，大学生们有时拉住我的手，说："你这黑眼睛的女孩子！你的眼睛好黑啊。"

两三岁时，一天母亲进城去了，天黑了许久，还不回来。我不耐烦，哭个不停。老嬷嬷抱我在桥头站着，指给我看那桥边的小道。"回来啦，回来啦——"她唱着。其实这全然不是母亲回来的路。夜未深，天色却黑得浓重，好像蒙着布，让人透不过气。小桥下忽然飞出一盏小灯，把黑夜挑开一道缝。接着又飞出一盏，又飞出一盏。花草亮了，溪水闪了。黑夜活跃起来，多好玩啊！我大声叫了："灯！飞的灯！"回头看家里，已经到处亮着灯了，而且一片声在叫我。我挣下地来，向灯火通明的家跑去，却又屡次回头，看那使黑夜发光的飞灯。

照说幼儿时期的事，我不该记得。也许我记得的，其实是后来母亲的叙述，或自己更人事后的心境吧。但那一晚我在桥头的景象，总是反复地、清晰地出现在我眼前，那黑夜，那划破了黑夜的萤火，以及后来的灯光——

长大了，又回到这所房屋时，我在自己的房间里便可以看到起伏明灭的萤火了。我的窗正对着那小溪。溪水比以前窄了，草丛比以前矮了，只有萤火，那银白的，有时是浅绿色的光，还是依旧。有时抛书独坐，在黑暗中看着那些飞舞的亮点，那么活泼，那么充满灵气，不禁想到《仲夏夜之梦》里那些吵闹的小仙子；又不禁奇怪这发光的虫怎么未能在《聊斋志异》里占一席重要的地位。它们引起多么远、多么奇的想象。那一片萤光后的小山那边，像是有什么仙境在等待着我。但是我最多只是走出房来，在溪边徘徊片刻，看看墨色涂染的天、树，看看闪烁的溪水和萤火。仙境么，最好是留在想象和期待中的。

日子一天天热闹起来。解放，毕业，几乎每个人都觉得自己在发光。我们是解放后第三届大学生。毕业前夕，一个星光灿烂的夜晚，和几个好友，曾久久地坐在这溪边山坡上，望着星光和萤光。我们看准一棵树，又看准一个萤，看它是否能飞到那棵树，来卜自己的未来。几乎每一个萤都能飞到目的地，因为没有飞到的就不算数。那时，我们的表格里无一不填着"坚决服从分配，到祖国最需要的地方去"！无论分到哪里，我们都会怀着对美好未来的向往扑过去的。星空中忽然闪了一下，是一颗流星划过了天空。据说流星闪亮时，心中闪过的希望是会如愿的。但我们谁也没有再想要什么。有了祖国，不就有了一切吗？我觉得重任在肩，而且相信任何重任我都担得起。难道还有比这种信心更使人兴奋、欢喜，使人感到无可比拟的幸福吗？虽然我知道自己很小，小得像萤火虫那样。萤却是会发光的，使得就连黑夜也璀璨美丽，使得就连黑夜也充满了幻想——

奇怪的是，自从离开清华园，再也不曾见到萤火虫。可能因为再也没有住在水边了。后来从书上知道，隋炀帝在江都一带经营过"萤苑"，征集"萤火数斛"，为夜晚游山之用。这皇帝连萤都不放过，都要征来服役，人民的苦难，更可想见了。但那"萤苑"风光，一定是好看的。因为那种活泼的光，每一点都呈现着生命的力量。以后无意中又得知萤能捕食害虫，于农作物有益，不觉十分高兴。便想，何不在公园中布置个"萤苑"，为夏夜增光，让曾被皇帝拘来当劳工的萤，有机会为人民服务呢。但在那十年浩劫中，连公园都几乎查封，那"萤苑"的构思，早也逃之夭夭了。

前几天，偶得机缘，和弟弟这个从小的同学往清华走了一遭。图书馆看去一次比一次小，早不是小时心目中的巍峨了。那肃穆的、勤奋的读书气氛依然，书库中的玻璃地板也还在；底层的报刊阅览室也还是许多人站着看报。弟弟说他常做一个同样的梦——到这里来借报纸。底层增加了检索图书用的计算机，弟弟兴致勃勃地和机上人员攀谈，也许他以后的梦，要改变途径了。我的萤火虫却在梦中也从未出现。行向小河那边时，因为在白天，本不指望看见萤火，但以为草坡上的"勿忘我"和"勿念我"总会显出了颜色。不料看见的，是一条干涸的沟，两岸干黄的土坡，春雨轻轻地飘洒，还没有一点绿意。那明净的、潺潺的、不慌不忙流着的溪水，已不知何时流往何处了。我们旧日的家添盖了房屋，现在是幼儿园了。虽是假日，还有不少孩子，一个个转动着点漆般的眼睛看着我们。"你们这些黑眼睛的孩子！好黑的眼睛啊。"我不由得想。

事物总是在变迁，中心总要转移的。现在清华主楼的堂皇远非工字厅可比了。而那近代物理实验室中的元素光谱，使人感到科学的光辉，也是萤火虫们望尘莫及的。我们骑着车，淋着雨，高兴地到处留下校友的签名。从一十年代到七十年代排过来的长桌前，那如同戴着雪帽般的白头发，那敦实可靠的中年的肩膀，那发亮的、润泽的皮肤和眼睛，俨然画出了人生的旅程。我以为，在这条漫长而又短促的道路上，那淡蓝色和纯白的花朵，"勿忘我"和"勿念我"，是必不可少的。因为人世间，有许多事应该永远记得，又有许多事是早该忘却了。

但总要尽力地发光，尤其在困境中。草丛中飘浮的、灵动的、活泼的萤火，常在我心头闪亮。

1980年6月

变迁

　　七十年代末，中关村出现了一家农贸市场，那是新事物。去看过吗？人们互相问。

　　我也去了。哎呀！只觉五光十色。各种各样的农产品，大葱雪白，青菜碧绿，黄瓜土豆西红柿，真是十分可爱。当时的欢喜，简直可以说是心花怒放！

　　不久，路边有了摊贩，又有了一些小杂货铺、小饭馆。人们从长久的束缚中解脱了，一点一点尝试着吸进新鲜空气。

　　转眼已是八十年代中叶。一个细雨蒙蒙的秋天下午，我和外子仲从颐和园出来，走过牌坊去乘公共汽车。"那里有一家西餐馆。"仲指着斜对面不远处。"我们去看看。"我说。那时的我，什么都要看看。

门口挂一个小牌——维兰西餐馆。院子很小，屋子也不大，只有三四张桌子。因时间还早，并没有客人。一位中年人迎出来，大概是店主了。"吃西餐吗？"他问。我们坐下来，那中年人自去厨房。

店内陈设简单，桌上倒是铺了台布。我的座位可以看见厨房，那中年人正带着一个助手在操作。菜做好了，中年人走出来，和我们攀谈。他姓郑，原在"法国府"任厨师，允许个体户开业后，出来开这家餐馆，已经两三年了。

"尼克松来参观过。"郑经理指指墙上的照片，那是尼克松第二次来华时的留影。

他的手艺很好。我和仲常记得那蒙蒙秋雨，那家小店和美味的汤。

当时，父亲已不大能出门，我托人到维兰买他喜欢的炸虾，告诉他今天有这个菜，他总是很高兴。他往往是知道要吃什么，比真的吃到还高兴。

九十年代初，又一次从颐和园出来，看见东宫门南边有一个大门，挂了很大的牌子，写着"维兰西餐馆"几个字。

原来它迁到这里了，里面是两层楼，扩大多了。

一次和王蒙贤伉俪游香山后，在此处同进午餐。那天，谈得较多的是义山诗，王蒙对义山诗的见解，多出于平常心。我以为只有这样才能理解感悟。若一矫情，就拐了弯，不对路了。

又过了些时日，维兰又不见了。一个住在附近的亲戚告诉我们，它迁回原址了。它确实迁回原址，不过气派已经大不一样。它和整个社会同步前进，已经不再是"乡镇企业"。从门脸到店内陈设，都有些洋了。唐稚松学长特邀我们一聚，选在维兰。饭间，稚松学长念了一首小令，我不大懂他的湖南口音，要他写在餐纸上，现在只记得结尾几句："无人赏，自家拍掌，唱得千山响。"我们都喜欢这首小令。

以后，没有人提起那西餐馆。一天，在报纸中夹了一份广告，通知维兰又搬迁了，迁到中关村一座楼内。这时的陈设已颇优雅，每张桌上有一个小花瓶，插了一朵康乃馨。郑经理坐在店角的一张椅上，已是老人了。

杨振宁先生的二弟振平，偕眷来京，来看望我。他是我的弟弟钟越中学时的挚友。他们常在昆明文林街上一起走。钟越瘦长，振平较矮。我还记得那景象。我们到维兰进餐，说起许多往事。他说一次在我家，他和钟越一起看一本笑话书，笑个不停。我问他们为什么笑，他们不肯说。自复员以后，他们从未见过面。

母亲没有看见中关村的农贸市场。后来农贸市场以早市的方式出现。畅春园附近早市，后又迁到圆明园西侧。前几年偶尔去过，看着各种东西都很平常。想想七十年代末的感觉，那时真是可怜。

早市之外有超市，超市里面的东西极多，又很方便。这应该都是母亲关心的喜欢的。母亲于一九七七年十月三日离开了我们。她完全没有赶上变迁。

以后，又一个亲戚说，她曾请人到维兰进餐，到了那座大楼却找不到。说是又搬迁了。

没有广告出现，我们几乎忘记了这家餐馆。一天，乘车经过万泉河路，同伴忽然说："维兰搬到这里了。"果然路边有一家店，几个顶端弧形的大窗连着。现在的门脸，不仅很大，而且极洋。

我又去了这家餐馆，桌椅陈设又升了一级。尼克松留影仍在壁上。墙上挂了大幅横标，他们正在举行二十六周年店庆，而且一定还会有所发展。遗憾的是，菠菜泥子汤已不如在那俭朴的小院，和着蒙蒙秋雨所尝了。

也许，这些年尝过的东西太多了。也许，一起品尝滋味的人没有了。也许，胃里虽然丰富了，头脑却还没有足够的自由驰骋的空间。我望着汤盘发愣。我不挑剔。

我有一张五人照片，上有父母小弟，还有仲和我。时光流逝，把他们都带走了。

只有我踽踽独行，在不断变迁的路上，向着生满野百合花的尽头。

冬至

这次手术之后，已经年余，却还是这里那里不舒服，连晨起的散步也久废不去了。今天拉开窗帘，见满地白亮亮，还以为是下了雪。再看时，原是一片月光，从松树的枝条间筛下。大半个月亮，挂在中天偏西。天空宽阔而洁净，和月光一起，罩着静悄悄的大地。

以为表出了问题，看钟，同样是六时一刻。又看日历，原来今天是冬至，从入秋起就盼着的冬至。

近年有个奇怪心理：一见落叶悄悄飘离了树木，就盼冬至。随着落叶飘零，白昼一天天短，黑夜愈来愈长。清晨散步，几同夜行，无甚意趣。只要到了冬至，经过这一年中最短的白天，便昼渐长，夜渐短，渐渐地，春天就来了。好像人在生活的道路上落到了谷底，无可再落，就有了上升的希望。可以期待花开草长，可以期待那拖着蓝灰色长尾巴的喜鹊的喳喳叫声，并且在粉红色的晨光中吸进清新的空气。

很想看一看月光怎样淡去，晨光怎样浓来，却无这点闲逸的福分。在开始忙碌的一天时，心中充满了喜悦，因为冬至毕竟来了。因为天时有四季变化，时代有巨大变革；因为生活的丰富是尝不尽的。

冬至是一年的转机，我喜欢转机。

1985年岁末记冬至之晨

231

在喧嚣的世界里，

坚持以匠人心态认认真真打磨每一本书，

坚持为读者提供

有用、有趣、有品位、有价值的阅读。

愿我们在阅读中相知相遇，在阅读中成长蜕变！

好读，只为优质阅读。

一生自渡

策划出品：好读文化　　　　　监　　制：姚常伟

责任编辑：李艳芬　　　　　　产品经理：刘　雷

营销编辑：陈可心　　　　　　封面设计：小　雨

图书在版编目（CIP）数据

一生自渡 / 宗璞著 . -- 北京 : 北京联合出版公司，
2024.4（2024.11 重印）
ISBN 978-7-5596-7314-5

Ⅰ . ①一… Ⅱ . ①宗… Ⅲ . ①散文集－中国－当代
Ⅳ . ① I267

中国国家版本馆 CIP 数据核字（2023）第 241403 号

一生自渡

作　者：宗　璞
出品人：赵红仕
责任编辑：李艳芬

北京联合出版公司出版
（北京市西城区德外大街 83 号 9 层　100088）
北京联合天畅文化传播公司发行
北京美图印务有限公司印刷　新华书店经销
字数 135 千字　787 毫米 ×1092 毫米　1/32　7.75 印张
2024 年 4 月第 1 版　2024 年 11 月第 3 次印刷
ISBN 978-7-5596-7314-5
定价：49.80 元